KB114231

야차전기

野叉傳記

야차전기 4

임영기 新무협 판타지 소설

초판 1쇄 찍은 날 § 2015년 4월 16일
초판 1쇄 펴낸 날 § 2015년 4월 23일

지은이 § 임영기
펴낸이 § 서경석

편집부장 § 권태완
편집책임 § 박가연

펴낸곳 § 도서출판 청어람
등록번호 § 제387-1999-000006호
등록일자 § 1999. 5. 31
어람번호 § 제2-2587호

주소 § 경기도 부천시 원미구 부일로 483번길 40 서경B/D 3F (우) 420-822
전화 § 032-656-4452 팩스 § 032-656-4453
http://www.chungeoram.com
E-mail § chungeorambook@daum.net

ISBN 979-11-04-90205-5 04810
ISBN 979-11-04-90130-0 (세트)

야차전기

4

원한중첩(怨恨重疊)

임영기 新무협 판타지 소설

FANTASTIC ORIENTAL HEROES

도서출판 청어람

목차

제31장 실패의 대가   7

제32장 혈검비(血劍秘)   31

제33장 살신성인(殺身成仁)   57

제34장 생사기로   85

제35장 은거(隱居)   119

제36장 하녀들   155

제37장 피의 빛   187

제38장 유유상종   215

제39장 혈명십살(血命十殺)   243

제40장 혈화난무(血花亂舞)   273

제31장

실패의 대가

백학선우 감태정의 왼쪽에 서 있던 여자, 즉 백학무숙 좌사범(左師範) 자군(紫君)이 바닥에 똑바른 자세로 쓰러져 있는 화용군 옆에 앉아서 살펴보았다.

 자의 경장에 한 마리 백학이 수놓아진 상의를 입고 있는 예쁘장한 삼십 대 중반의 그녀는 칼날처럼 뾰족한 콧날을 쫑긋거리면서 화용군의 상처를 살피고 나서 그의 손목 촌관척을 잡아 맥을 확인했다.

 화용군은 왼쪽 어깨에서 오른쪽 갈비뼈까지 한 뼘 반 길이로 깊이 베였고 그곳에서 피가 흐르고 있었다.

그 외에도 몸 전면에 언뜻 눈에 띄는 상처가 십여 군데 이상이지만 그 상처가 제일 깊었다.

이윽고 백학무숙의 제이인자 좌사범 자군이 화용군의 손목을 놓고 일어나서는 옆에서 지켜보고 있는 감태정에게 설명했다.

"심장은 다치지 않았지만 이미 많은 피를 흘려서 과다출혈로 죽어가고 있어요. 제가 말하고 있는 동안에 죽는다고 해도 이상한 일이 아니에요. 지혈을 해놨으니까 출혈은 멈춘 상태예요."

감태정은 자군에게 잠시 빌렸던 검을 돌려주면서 말했다.

"의원에게 데려다주고 살려내도록 하라."

그는 자신이 구주무관을 몰살시켰다면서 그 증거를 갖고 있다는 화용군의 말이 몹시 신경 쓰였다.

선우각은 다시 정상을 되찾았다.

선우각 이 층의 모든 사람이 시체를 치우거나 부상자를 옮기는 등 부산할 때 무사 네 명이 화용군을 담가(擔架:들것)에 실으려 하고 있다.

탁—

무사 한 명이 화용군 왼손 옆에 놓여 있는 검을 발로 차서 멀리 보냈다.

야차도는 이미 아까 화용군의 오른팔 속으로 들어갔지만 무사들은 그걸 모르고 있었다.

네 명의 무사는 화용군을 담가에 싣고 선우각을 나갔다. 그를 백학무숙 내의 의원에게 데려다주려는 것이다.

축시(丑時:새벽 2시경)가 넘어가고 있는 시각에 화용군을 실은 담가를 들고 네 명의 무사는 전각 사이의 밤길을 총총히 걸어가고 있다.

고오…….

그때 고요한 밤하늘을 울리는 기묘한 음향이 들리자 네 명의 무사는 주위를 두리번거렸다.

"무슨 소리지?"

퍽!

"끅!"

그런데 두리번거리던 네 명 중에서 뒤쪽 한 명의 목을 꿰뚫는 무엇이 있다.

"헛?"

"뭐, 뭐야?"

퍽!

"캑!"

세 명의 무사가 혼비백산하는데 또다시 무언가 뒤쪽 또 한 명의 무사의 목을 꿰뚫었다.

쿵!

뒤쪽 두 명이 목을 움켜잡고 쓰러지자 들고 있던 담가를 놓치면서 화용군이 바닥에 나뒹굴었다.

남아 있는 두 명은 동료 두 명의 목에 화살이 꽂혀서 목 맞은편으로 절반 이상 튀어나온 것을 발견하고 대경실색하여 허둥거렸다.

"급습이다!"

"피해!"

픽!

"큭!"

그런데 소리치던 두 명 중에 한 명의 목에 또다시 화살이 꽂혔다.

한 번 호흡하는 짧은 시간에 동료 세 명이 목에 화살이 꽂혀서 즉사하자 마지막 남은 한 명은 얼굴이 새하얘져서 비명을 지르면서 자신들이 조금 전에 나온 선우각을 향해 무조건 달리기 시작했다.

"우와앗!"

그때 달리고 있는 그의 전방 지상에서 이 장 높이 밤하늘에서 하나의 검붉은 인영이 무서운 속도로 쏘아내리고 있는 것을 그는 발견하지 못했다.

추호의 기척도 없이 쏘아내리고 있는 검붉은 인영은 마치 한 마리 커다란 밤새, 즉 야조 같았다.

숫—

쏘아내리는 인영은 오른손에 쥐고 있는 번뜩이는 무기를 발출했다.

도망치고 있는 자는 밤하늘에서 자신을 향해 푸르스름한 빛을 뿌리면서 하나의 무기가 쏘아오고 있다는 사실을 까맣게 모른 채 사력을 다해서 달리고 있다.

팍—

"캑!"

그 무기는 수평으로 빙글빙글 맹렬하게 회전하면서 무사의 목을 스치고 지나갔다.

"끄으……."

무사는 목을 움켜잡고 비틀거렸다. 하지만 그의 목은 이미 베어졌기 때문에 손으로 건드리자 목이 뚝 잘라지면서 머리통이 땅으로 떨어졌다.

스아아…….

무사의 목을 자른 무기는 피를 뿌리면서 비스듬히 땅을 향하는가 싶더니 두 자 높이에서 둥실 떠오르면서 크게 반원을 그리며 날아왔던 방향으로 돌아갔다.

척!

야조 같은 모습의 검붉은 인영이 허공중에서 날아오는 무기를 손에 잡고는 지면에 가볍게 내려섰다.

그런데 검붉은 인영은 다름 아닌 일홍각 각주의 오른팔인 야조 그녀다.

평상시 가만히 있을 때는 전혀 모르지만 일단 활약을 시작하면 한 마리 야조처럼 보여서 그녀의 별호가 야조가 된 것이다.

그녀는 지면에 쓰러져 있는 화용군에게 달려가 즉시 들쳐업고 선우각을 등진 채 한쪽 방향으로 내달리는데 발끝으로 땅을 디딜 때마다 일 장씩 도약한다.

그때 선우각 대전 입구에서 두 명의 무사가 급히 달려 나오다가 저만치 어둠 속으로 사라지고 있는 야조를 발견하고 소리쳤다.

"저기다!"

스웅—

그런데 그때 그들의 머리 위에서 무슨 소리가 흘렀다.

흠칫 놀란 그들이 위를 올려다보려고 할 때 한 줄기 붉은빛이 허공을 갈랐다.

파아—

"큭!"

"캑!"

붉은빛은 한꺼번에 두 명의 목을 간단하고도 깨끗하게 잘
랐고 그들은 자신을 죽인 사람이 누군지도 모른 채 서둘러 저
승으로 떠났다.

숫—

머리를 잃고 비틀거리다가 쓰러지는 두 명의 무사 옆에 허
공에서 한 사람이 가볍게 내려섰다.

머리가 봉두(蓬頭:더벅머리)인 이십오륙 세 가량의 늘씬한
인물이며 오른손에는 한 자루 붉은색의 홍검(紅劍)을 쥐고 있
다.

헐렁한 흑의를 입었으나 가슴이 봉긋한 것으로 미루어 여
자인 듯했다.

그녀는 대전 입구에 우뚝 서서 선우각 안에서 더 나오는 무
사가 없는지 경계를 했다.

봉두의 여자는 야조가 달려간 방향을 힐끗 보다가 그녀의
모습이 보이지 않자 즉시 신형을 날려 빠른 경공술을 발휘하
여 야조가 사라진 곳으로 쏘아갔다.

두 호흡 후에 선우각 대전 안에서 무사들이 우르르 쏟아져
나왔으나 그곳에는 여섯 명의 시체와 빈 담가만이 나뒹굴어
있을 뿐이다.

*   *   *

제남 외성 영진문(永鎭門) 근처의 한 아담한 장원.

이곳은 사탄 무애의 집으로서 이 집의 존재는 그녀와 두 명의 측근인 야조, 혈검비(血劍秘)만 알고 있다. 말하자면 이곳은 무애의 은밀한 사저(私邸)다.

넓은 방 휘장 안쪽의 침상에는 화용군이 반듯한 자세로 누워 있으며 실오라기 한 올 걸치지 않은 나신이다.

침상 아래 바닥에는 그의 갈가리 찢어진 피범벅 옷이 어지럽게 흩어져 있다.

침상 옆에는 무애가 심각한 표정으로 그의 상처를 치료하고 있으며 옆에서 야조가 시중을 들고 있다.

"지독하게 당했어……."

무애는 그 말을 벌써 대여섯 번이나 중얼거리면서 고개를 살래살래 가로저었다.

그녀는 혈명단 제남지단주로서 자신의 손으로 직접 죽인 사람의 수가 백 명에 육박할 정도이고 강호에서 산전수전 온갖 경험을 두루 겪었지만 이렇게 지독한 상처를 입은 사람은 처음 본다.

더구나 그 사람이 아직까지도 죽지 않고 살아 있다는 사실이 그저 놀랍고 다행스러울 뿐이다.

살수들은 대부분 일검에 표적을 죽이기 때문에 잔인한 죽음하고는 거리가 멀다.

아까 백학무숙에 잠입하여 화용군을 구해 온 사람은 무애와 최측근인 야조, 혈검비였다.

무애가 삼십 장 거리에서 그녀의 애병(愛兵) 사탄궁(死彈弓)을 쏴서 화용군을 담가에 실어 옮기는 백학무숙 무사 세 명을 죽였었다.

그 직후 야조가 직접 달려가서 나머지 한 명을 죽이고 화용군을 업고 도주했으며, 혈검비가 뒤를 맡아 선우각에서 나오는 자들을 죽였다.

지금 혈검비는 혹시 있을지 모르는 백학무숙의 추격을 경계하려고 밖에 있다.

"죽일 놈들……."

무애는 백학무숙에 대한 분노 때문에 이를 갈았다. 그러면서 한편으로는 죽어가고 있는 화용군이 안쓰러워서 두 눈에 물기가 촉촉해졌다.

무애는 깨끗한 물수건으로 화용군의 온몸에 난 상처를 조심스럽게 닦고 있다.

야조는 피로 더러워진 수건을 따뜻한 물에 빨아서 부지런히 무애에게 건네주었다.

화용군은 눈을 꾹 감은 채 돌부처마냥 누워 있으나 그의 벌거벗은 몸은 만신창이가 된 현재의 상황하고는 별개로 너무도 잘 다듬어져서 하나의 조각처럼 아름다웠다.

약간 마른 듯하고 두 팔과 두 다리가 몸통에 비해서 조금 긴 편이며, 각 부위마다 근육이 잘 발달되었으며 군더더기 하나 없는 몸이다.

그런데 그 몸에 누군가 무질서하게 마구 낙서를 해놓은 것처럼 크고 작은 상처가 가득했다.

"약을 가져와라."

화용군의 상처를 다 닦은 무애가 야조에게 지시했다.

야조가 약을 가지러 총총히 방을 나간 후에 무애는 화용군의 촌관척을 짚었다.

맥이 아까 처음에 장원에 데리고 왔을 때보다 더 흐리고 미약해져서 그녀는 가슴이 무너지는 것만 같았다.

그녀는 그의 촌관척을 잡은 채 부드러운 진기를 주입시키기 시작했다.

석 달 전, 아랫배에서 펑펑 피를 흘리는 것을 지혈해 주는 조건으로 화용군의 수하가 됐었던 그녀다. 다른 사람에게 다친 것이 아니라 화용군이 그녀를 찔렀었다. 그런데도 그의 수하가 됐었다.

그리고 이후 그를 한 번 더 만난 것이 어젯밤이었으며, 그와 함께 술을 마신 것이 전부인데 그녀는 마치 그와 오래전부터 친밀했던 것처럼 행동하고 있다.

　이윽고 진기 주입을 마친 그녀는 화용군의 창백한 얼굴을 물끄러미 굽어보다가 손을 들어 그의 뺨을 쓰다듬으며 중얼거렸다.

　"죽으면 안 돼요."

*　　　*　　　*

　백학무숙은 침입자를 찾기 위해서 제남성 안팎을 이 잡듯이 뒤지고 다녔다.

　제남성에서 가장 큰 영향력과 세력을 지니고 있는 백학무숙은 무려 이천 명을 동원했다.

　그들이 찾으려고 하는 사람은 구주무관의 사범인 강호라는 자다.

　그러므로 그들이 제일 먼저 들이닥친 곳은 당연히 구주무관이었다.

　인시(寅時:새벽 4시) 무렵. 백학무숙의 고수와 무사 수십 명이 구주무관에 들이닥쳤다.

　일각 후에 그들은 구주무관 호수 쪽 담 밖의 별채에서 곤히 잠들어 있는 나운향 가족과 곽림 가족을 모조리 밖으로 끌어냈다.

별채 일 층에서 살고 있는 나운향과 서진, 서동 남매, 그리고 이 층에서 사는 곽림 부부와 열네 살 딸은 별채 앞마당에 나란히 무릎이 꿇렸다.

이곳에 몰려온 수십 명의 백학무숙 고수와 무사들은 대부분 곽림을 알고 있다.

그들은 곽림을 제압해서 족쳤지만 그에게서 강호가 있는 곳을 알아내지 못했다.

강호에게 수십 명의 동료가 죽고 부상을 당한 탓에 이성을 잃은 상태인 그들은 구주무관 전체에 불을 질렀고 나운향과 곽림의 부인 등을 다 내쫓았으며 곽림을 백학무숙으로 끌고 갔다.

*　　　*　　　*

다음 날도 그 다음 날도 화용군은 깨어나지 못했다.

의술에 대해서 조예가 깊지 않은 무애가 할 수 있는 일은 화용군에게 부지런히 진기를 주입하고 상처에 금창약을 바르는 정도가 전부다.

그녀들은 화용군이 극심한 중상으로 사경을 헤매고 있기 때문에 실력 있는 의원이 와야지만 그를 살릴 수 있을 것이라고 생각했다.

그렇지만 지금은 실력 있는 의원은 고사하고 평범한 의원조차도 데려올 수가 없는 상황이다.

백학무숙이 눈에 불을 켜고 화용군을 찾아다니고 있는 상황에 제남 성내의 의원을 데려온다는 것은 도끼로 제 발등을 찍는 일이나 다름이 없다.

의원을 납치해서 강제로 데려오는 것도 실마리를 남기게 되므로 위험하기는 마찬가지다.

그렇다고 해서 화용군을 데리고 제남 밖으로 나가는 것도 결코 쉬운 일이 아니다.

무애는 장원에 있던 십여 명의 숙수와 하녀, 하인들마저도 남김없이 모두 내보냈다.

그들이 화용군을 보게 될지도 모르고 또 그들이 있으면 화용군을 치료하는 일이 여러모로 불편하기 때문이다.

그래서 무애와 야조, 혈검비 세 사람이 요리와 빨래 따위를 직접 하면서 화용군을 치료하고 있다.

척!

야조는 문 여는 소리에 놀라서 잠이 깼다. 발딱 상체를 일으켜 보니까 침상 옆에 앉아서 침상에 엎드린 채 깜빡 잠이 들었던 모양이다.

"조, 지단주께서 부르신다."

"아… 지금 시각이 얼마나 됐지?"

"신시(申時:오후 4시경) 넘었다."

야조는 깜짝 놀라서 허둥거렸다.

"신시에 주군 약 바르고 헝겊 갈아야 되는데 이걸 어째?"

확!

휘장 안으로 들어서고 있는 혈검비는 야조가 침상의 이불을 걷자 주춤하며 급히 돌아섰다.

몸 여기저기에 헝겊을 붙이고 있는 화용군의 나신이 드러났기 때문이다.

"지단주께서 즉시 오라고 하셨다."

혈검비는 평범하게 말하는 것인데도 목소리에서 얼음가루가 날리는 것처럼 냉랭했다.

그녀는 천성이 차디차다. 심지어 지단주인 무애에게도 정중할지언정 부드럽지는 않다.

"무엇 때문에 그러시는데?"

"저녁 식사 준비다."

"아…….."

세 여자 중에서 그나마 서툴게라도 요리를 할 줄 아는 사람이 야조 하나뿐이다.

더구나 혼절한 화용군에게 먹일 미음을 끓여야 하기 때문에 야조가 주방에 가지 않을 수가 없다.

"비, 그럼 네가 주군을 치료해라."

"내가?"

야조는 서둘러 문으로 향했다.

"제때 치료하지 않으면 상처에 진물이 생겨서 곪게 되니까 빨리 치료해야 돼. 만약 주군께서 볼일을 보셨으면 그것도 처리해 줘."

"이봐! 조!"

탁!

혈검비가 급히 불렀으나 야조는 밖으로 나가더니 문을 닫아버렸다.

혈검비는 화용군을 치료할 생각조차 하지 않고 그를 등진 채 우두커니 서 있을 뿐이다.

그녀는 이십사 세 먹을 동안 단 한 번도 남자의 알몸을 본 적이 없었다.

당연히 순결한 처녀지신을 지니고 있으며 남자 근처에 가본 것은 싸울 때를 제외하고는 없다.

그녀는 후천적으로 남자라면 사갈시하는 증오의 성격이 형성되었다.

어렸을 때 그녀가 보는 앞에서 모친과 언니가 강도들에게 윤간을 당한 후에 잔인하게 죽음을 당하는 광경을 목격했기 때문이다.

당시의 그 일이 얼마나 큰 충격이었는지 그때부터 남자라면 두려워하면서도 죽이고 싶어 하는 양면적인 특이한 성격을 차곡차곡 쌓게 되었다.

야조는 혈검비의 그런 성격을 알고 있지만 지금은 특별한 상황이니까 그녀가 자신의 성격을 꺾고 화용군을 치료해 줄 것이라고 생각했다.

아니, 그런 성격 때문에 치료를 할 것인지 말 것인지 고민을 할 것이라는 생각 따윈 하지도 않았다. 그 정도로 화용군을 치료하는 일은 중요하기 때문이다.

"후우……."

혈검비는 뒤돌아선 상태에서 한동안 고개를 푹 숙인 채 곰곰이 생각해 봤지만 자신이 화용군을 치료하는 것 말고는 달리 방법이 없음을 깨달았다.

화용군은 그녀가 주군으로 모시고 있는 지단주 무애가 주군으로 모시는 인물이다.

그러므로 그는 무애의 최측근인 혈검비와 야조에게도 당연히 주군의 신분이다.

만약 치료를 하지 않아서 자칫 그에게 돌이킬 수 없는 문제라도 생긴다면 그 모든 책임은 순전히 혈검비에게 있다. 그런 일은 상상조차도 할 수가 없다.

"음."

혈검비는 낮은 신음을 흘리면서 두 주먹을 한 번 꼭 쥐고는 천천히 몸을 돌렸다.

조금 전에 야조가 이불을 걷을 때 언뜻 희끗한 물체를 보기는 했으나 화용군의 나신을 제대로 보지는 않았었다.

그렇지만 이제는 봐야만 한다. 몸을 보지 않고 치료를 할 수는 없기 때문이다. 그러니까 봐도 그냥 보는 것이 아니라 샅샅이 봐야만 하는 것이다. 혈검비에게는 고문이나 다름이 없는 일이다.

치료를 시작한 지 반 시진이 지났으나 혈검비는 아직 화용군의 몸 앞면도 다 끝내지 못했다.

될 수 있는 대로 그의 몸, 특히 하체 쪽을 보지 않으려 애쓰다 보니까 거의 눈을 감고 치료를 하는 것이나 다름이 없는 상황이다.

그렇지만 보지 않으려 한다고 해서 안 보이는 게 아니다. 바로 눈앞에 나신이 누워 있고 그 몸을 치료하고 있는 중인데 알몸을 보지 않겠다는 것은 눈을 뜨고서 속눈썹을 보지 않으려는 것과 같은 얘기다.

화용군 하체에 수북한 숲과 작은 괴물처럼 생긴 물건을 그녀는 벌써 열 번도 넘게 봤다.

그럴 때마다 심장이 쿵 내려앉았으며 바로 저렇게 생긴 것이 어머니와 언니를 짓이기면서 강간했다는 생각이 머릿속에 가득 들어찼다.

여기에 누워 있는 화용군의 음경과 모친과 언니를 강간한 강도의 그것은 전혀 다른 것인데도 그런 구분이 제대로 되지 않았다.

그냥 사내들의 것이란 다 똑같은 용도로 사용된다는 생각만 들었다.

그래서 그녀는 눈앞에 보이는 음경을 확 잡아 뽑거나 칼로 잘라 버리고 싶은 충동을 참느라 치료가 제대로 될 리가 없었다.

"치료는 끝냈느냐?"

"앗!"

그때 휘장 안으로 무애가 들어서면서 묻자 혈겁비는 기겁해서 들고 있는 약통을 떨어뜨렸다.

강심장의 그녀가 놀라서 약병을 떨어뜨리다니, 평소의 그녀라면 있을 수도 없는 일이다.

쨍강!

"아……."

그녀는 오로지 자신의 성격을 극복하려고 애쓰면서 치료를 하는 일에만 몰두해 있다가 무애가 문을 열고 들어오는 것도 알지 못했다.

"뭐하는 거냐?"

무애는 바닥에 떨어져 박살 난 약병과 혈검비를 번갈아 보면서 꾸짖었다.

"용서하십시오."

혈검비는 꾸벅 허리를 굽히고 나서 한쪽 무릎을 꿇고 깨진 약병 조각을 주웠다.

무애는 눈살을 찌푸리며 화용군을 살피다가 아직 치료가 끝나지 않았으며 그나마도 제대로 치료된 것이 하나도 없는 것을 확인하고는 발끈 화가 치밀었다.

"이걸 치료라고 했느냐?"

혈검비는 뚝 동작을 멈추고 그 자리에 무릎을 꿇고는 이마를 바닥에 댔다.

"잘못했습니다. 다시 하겠습니다."

"집어치워라."

무애는 혈검비가 무엇 때문에 남자들을 증오하는지 이유를 알고 있으며 평소에는 그것을 존중했었다.

하지만 지금은 특별한 경우이고 화용군은 남자이기 전에 받들어 모셔야 할 주군이므로 이것은 무조건 혈검비가 잘못했다고 판단했다.

무애는 지금까지 자신의 최측근인 야조와 혈검비를 심하

게 꾸짖은 적이 한 번도 없었다.

그렇지만 화용군이 죽어가고 있는데도 제대로 치료조차 하지 못하고 있기에 속상해서 죽을 지경에 이런 일이 벌어지니까 인내심에 금이 가버린 것이다.

무애의 차가운 목소리가 고개를 숙이고 있는 혈검비의 봉두 위로 찬 서리처럼 떨어졌다.

"너는 이분을 주군으로 섬기는 것이 싫은 것이냐?"

"아… 아닙니다. 그럴 리가 있겠습니까?"

혈검비는 움찔 몸을 떨면서 더욱 자세를 낮추었다. 그러면서 자신이 치료를 하는 동안 모친과 언니를 강간한 강도와 주군을 제대로 분간하지 못했던 것에 대해서 뼈저리게 후회를 했다.

겉보기에 무애와 야조, 혈검비는 비슷한 또래인 것 같지만 사실 무애는 올해 이십구 세로 혈검비보다는 다섯 살, 야조보다는 일곱 살이나 많다.

무애는 이십사 세 때 혈명단 최연소 지단주가 되었으며, 이후 야조와 혈검비를 최측근으로 거두었다. 무애가 거두지 않았으면 야조와 혈검비는 혈명단 여느 살수들이나 똑같은 삶을 살았을 것이다.

"음……"

백학무숙에서 중상을 입고 혼절한 지 사흘째 한밤중에 화용군은 정신을 차렸다.

"주군!"

침상을 지키고 있던 야조는 기쁨의 탄성을 질렀다.

화용군은 힘겹게 눈을 껌뻑거렸다.

"야조……."

"네… 주군. 천첩 야조예요……."

야조는 눈물을 펑펑 흘리며 기뻐서 어쩔 줄 몰랐다.

화용군의 메마르고 까칠한 입술이 달싹거렸다.

"너희가 나를 구했구나……."

"네… 지단주께서 주군이 어디로 가셨는지 알아내려고 개방의 방방을 족쳐서……."

무애는 일홍각에서 아무런 말도 없이 갑자기 사라진 화용군의 행방을 찾으려고 전날 밤에 같이 왔었던 방방을 불러 캐물었던 것이다.

방방은 제남에서 화용군이 갈 만한 곳이 구주무관뿐인데 어쩌면 복수를 하려고 백학선우에게 갔을지도 모르겠다는 말을 했었다.

"그랬구나……."

화용군은 일어나려고 상체를 움직여 봤으나 꼼짝도 할 수가 없으며 온몸이 조각날 것처럼 아프기만 해서 포기하고 야조에게 물었다.

"나는 어떤 상태냐?"

그는 입을 여는 것마저도 몹시 힘들어서 느릿느릿 말했다.

"주군께선……."

야조의 얼굴이 어두워졌다가 금세 밝아지는 것을 화용군은 발견하지 못했다.

"심하게 다치지 않으셨어요. 지단주 말씀으론 며칠 잘 치료하면 거뜬하게 완쾌하실 거래요."

"그래……."

화용군은 다행이라는 듯 입술을 벙긋했다.

"천첩이 얼른 지단주를 데려올게요."

야조는 이 기쁜 소식을 무애에게 알리기 위해서 쏜살같이 밖으로 달려 나갔다.

하지만 그녀가 무애를 데려왔을 때에는 화용군은 다시 깊은 혼절에 빠진 후였다.

제32장

혈검비(血劍秘)

화용군이 잠깐 깨어났었다는 말을 듣고 나서 무애는 한시도 그의 곁을 떠나지 않았다.

혹시라도 자신이 또 자리를 비웠을 때 그가 깨어나지 않을까 염려하는 것이다.

무애는 볼일을 보러 측간에 잠시 다녀오는 것 말고는 식사도 화용군 옆에서 먹었다.

그렇지만 그는 잠깐 깨어났다가 혼절한 이후 꼬박 하루가 지나도록 다시 깨어나지 않고 있다.

무애는 화용군을 돌보기 시작한 후부터 혈명단 제남지단

의 업무를 일체 보지 않고 부지단주에게 다 맡겨두었다. 그것
보다는 화용군의 생사가 훨씬 더 중요하기 때문이다.

제남지단에는 육십여 명의 혈명살수가 있으며 중요한 청
부가 아니면 웬만한 것들은 부지단주 손에서 처리하라고 일
러두었다.

무애가 침상 옆 화용군 머리맡에 놓은 의자에 앉아서 그를
물끄러미 바라보고 있을 때 야조가 급히 들어왔다.

"지단주, 방방이 보낸 사람들이 찾아왔어요."

"방방이?"

"구주무관에 있던 사람들이라고 해요."

무애로서는 전혀 모르는 사람들이다. 화용군에게 구주무
관에 대해서 들은 적이 없었다.

무애는 마당에 옹송그리고 서 있는 여자들과 아이들을 발
견하고 다가갔다.

잔뜩 겁먹은 표정의 나운향과 두 아이 서진과 서동, 그리고
곽림의 처와 딸 다섯 사람은 다가오고 있는 무애와 야조를 바
라보았다.

나운향 등은 한밤중에 구주무관에서 쫓겨난 후 숲 속에서
날이 밝기를 기다렸다가 성내로 들어와 갈 곳이 없어서 거리
를 전전하다가 운 좋게 방방의 수하에게 발견됐다.

방방은 화용군에게 이들에 대해서는 자신에게 맡기라고 큰소리쳤었으니 막상 이런 상황이 돼버리자 모른 체 외면할 수가 없었다.

　　그래서 이리로 보낸 것이다. 이곳에서는 나운향 등이 요리나 빨래 등 도울 일이 있을 테고 무애라면 이들을 받아줄 것이라 여긴 것이다.

　　나운향 등은 예전부터 혈명단에 대해서 소문으로 들어서 알고 있다.

　　돈을 받고 사람을 대신 죽여주는 살인귀들이라는 막연한 뜬소문이다.

　　하지만 그녀들은 자신들의 앞에 서 있는 아리따운 두 여자가 그 살인귀일 것이라고는 추호도 상상하지 못했다.

　　무애는 그녀들 앞에 서서 차분한 목소리로 물었다.

　　"무슨 일로 왔죠?"

　　"방 협사가 이곳으로 가보라고 했어요."

　　나운향이 용기를 내서 조심스럽게 대답했다.

　　"이곳에 왜 왔죠?"

　　"그냥… 방 협사가 가보라고 해서……."

　　무애가 나무라듯이 묻자 나운향은 말문이 막혔다. 방 협사라는 건 방방을 가리킨다. 나운향 등에게 방방은 화용군 다음으로 의지하는 사람이다.

무애는 도대체 방방이 왜 이 사람들을 이곳으로 보냈는지 이해할 수가 없어서 아미를 찌푸린 채 가만히 있었다.

나운향은 무애가 자신들을 내쫓을 것이라고 짐작하여 마음을 굳게 먹고 말했다.

"소인들을 받아주십사고 억지를 부리지는 않겠어요. 하지만 대인께서 건강하신지 그것만 알고 싶어요. 그것만 알면 귀찮게 하지 않고 물러가겠어요."

무애는 나운향만이 아니라 모두들 눈물이 글썽하고 진심 어린 표정인 것을 보고 마음이 움직였다. 화용군을 염려하는 마음은 무애나 이들이나 같다.

"모두 들어와요."

혈검비는 혹시 나운향 등이 미행을 당했는지 알아보기 위해서 장원 밖을 살피고 돌아왔다.

"이상 없습니다."

넓은 방에서 나운향 등과 얘기를 하고 있던 무애는 고개를 끄떡이고 나서 나운향 등에게 말했다.

"강호 대인이 어디에 있는지 알려줄 수는 없지만 지금 그분은 매우 좋지 않은 상황이에요."

"아……."

나운향 등의 얼굴에 짙은 걱정이 드리워졌다. 그녀들은 방방에게 아무 말도 듣지 못했으나 방방 역시 화용군에 대해서는 말을 아끼면서도 표정이 몹시 어두웠던 것을 기억하고 있다.

"갈 곳이 마련될 때까지 이곳에서 지내도록 해요."

무애는 나운향 등이 화용군이 거둔 불쌍한 사람들이라는 사실을 조금 전의 대화에서 알게 되었다.

그렇다고 해도 지금 당장은 화용군을 보게 해주지 않을 것이고 그에 대해서는 일체 말하지 않을 생각이다. 다만 갈 곳이 없다니까 숙식을 제공하려는 것뿐이다. 나중에 차차 기회를 봐서 화용군에 대해서 알려주든지 아니면 끝까지 비밀로할 것이다.

혈검비는 무애가 자신에게는 화용군을 한시도 맡기지 않는 것이 몹시 불편했다.

화용군을 돌본다는 것은 그의 알몸을 보고 만지며 치료를 하는 일이어서 혈검비로서는 질색할 일이다.

하지만 밖에서 경계를 하고 있으면 몸은 편할지 몰라도 마음이 여간 불편한 것이 아니다.

무애와 야조는 화용군, 아니, 주군을 치료하고 돌보는 일에 지극정성이다.

그녀들이 무언가에 그토록 헌신하는 모습을 혈검비로서는

처음 보았다.

지금껏 수 년 동안 무애와 야조, 혈검비는 일심동체처럼 생활하고 행동했었다.

무슨 일을 하더라도 셋이 함께했으며 기쁨도 고난도 셋이서 헤쳐 나왔었다.

그런데 지금 혈검비는 그 셋에서 떨어져 나와 혼자만 겉돌고 있는 소외감을 뼈아프게 맛보고 있다.

무엇 때문인지 이유도 원인도 알고 있다. 그녀가 주군을 제대로 돌보지 못했기 때문이다.

무애와 야조는 혈검비가 남자를 증오하는 것을 이해하지만, 그러면서도 그녀에게 섭섭함을 느낄 것이다. 화용군은 남자이기 전에 주군이기 때문이다.

척!

혈검비는 오랜 고민 끝에 화용군이 있는 방으로 들어섰다.

"무슨 일이냐?"

무애가 휘장 밖을 힐끗 보더니 혈검비인 것을 확인하고는 밖에 무슨 일이 있는 것인지 물었다.

혈검비는 밖을 경계하고 있으므로 그녀가 들어왔다면 밖에 무슨 일이 있다는 뜻이다.

하지만 소외감을 느끼고 있는 혈검비의 귀에는 냉랭한 목소리로 들렸다.

그렇지만 혈검비는 이대로 물러서지 않고 휘장 가까이 다가가 안을 기웃거렸다.

"피곤하지 않으십니까?"

무애는 조금 어이없는 표정을 지었다.

"그거 물어보려고 왔느냐?"

"아닙니다."

"용건이 뭐냐?"

"좀 쉬십시오."

"뭐라?"

무애는 같잖은 소리하지 말라는 듯 혈검비를 외면하고 침상에 누워 있는 화용군을 굽어보았다.

"야조하고 두 시진 후에 교대하면 쉴 거다."

"제가 교대하겠습니다."

"……."

무애가 어이없는 얼굴로 다시 돌아볼 때 혈검비는 휘장 안으로 쭈뼛거리면서 들어섰다.

"잠시 후에 주군 희죽(稀粥:미음) 드셔야 한다."

"제가 먹여 드리겠습니다."

"그다음에는 치료도 해야 한다."

"그것도 하겠습니다."

무애는 혈검비를 보면서 '얘가 왜 이러나' 하는 표정을 짓다가 고개를 절레절레 가로저었다.

"안 된다. 지난번처럼 엉망으로 치료했다가는 일을 두 번 해야 하니 번거롭다."

"잘하겠습니다. 치료 방법은 조에게 배웠습니다."

무애가 어이없는 듯한 얼굴로 자신을 물끄러미 응시하자 혈검비는 그 자리에 털썩 무릎을 꿇었다.

"지난번에는 제가 잘못했습니다."

"뭘 잘못했는데?"

"주군은 사내가 아니십니다."

"사내가 아니면 뭔데? 주군이 여자냐?"

"그… 그게 아니라……."

혈검비는 그런 뜻으로 말한 것이 아닌데 말주변이 없다 보니까 대신 할 말이 궁해졌다.

"제가… 사내들을 싫어하지만 주군은 사내로 여기지 않는다는 뜻입니다."

그녀의 말뜻을 모르지 않는 무애다. 다만 그녀가 화용군을 잘 돌볼 수 있을지 그걸 염려할 뿐이다.

혈검비는 무애가 갈등하는 것을 보고 쐐기를 박았다.

"제가 주군의 똥오줌도 갈아드리고 잘 씻기겠습니다."

"어허! 똥오줌이라니!"

혈검비는 찔끔해서 급히 정정했다.

"똥님, 오줌님."

무애는 자리를 털고 일어나 휘장 밖으로 나가며 혈검비를
일깨워주었다.

"대소변이다."

"아… 대소변……."

무애는 화용군 곁을 한시도 비우고 싶지 않지만 혈검비에
게도 기회를 주고 싶었다.

그녀는 딱히 할 일이 없어서 나운향 등이 뭘 하는지 가보기
로 했다.

나운향 등에게 사용하라고 내준 전각 근처에 이른 무애는
전각 안에서 맛있는 요리 냄새가 진하게 풍겨 나오자 의아한
표정을 지었다.

그녀는 전각 안의 주방 입구에 우두커니 서 있는 야조를 발
견했다.

"무슨 일이냐?"

"아… 저길 보세요."

뭔가에 크게 감탄하는 표정의 야조는 주방 안을 가리켰다.
그곳에는 나운향과 곽림의 처 임청(林淸)이 지지고 볶고 끓이
면서 한창 요리를 하고 있었다. 맛있는 요리 냄새의 진원지가

바로 여기였다.

탁자에는 벌써 십여 가지의 요리가 놓여서 저마다 침샘을 자극하는 향기를 뿜어내고 있었다.

문득 무애는 허기를 느꼈다. 그러고 보니까 이곳에서 지낸 닷새 동안 제대로 된 식사를 한 적이 없어서 늘 속이 더부룩 했었다.

무애는 나운향에게 다가갔다.

"희죽을 끓일 줄 아나요?"

화용군에게 맛있고 영양가 있는 희죽을 먹이고 싶었다.

나운향은 땀이 송글송글 맺힌 얼굴로 무애를 보면서 방그레 미소 지었다.

"물론이에요."

"맛있게 끓여봐요."

"맡겨주세요."

나운향의 활기찬 목소리가 주방을 울렸다.

혈검비는 얼굴뿐만 아니라 온몸이 땀범벅이 되었다.

대변을 본 화용군의 사타구니를 물수건으로 깨끗이 닦아 준 것은 물론이고, 몸 앞뒤 상처들에 약을 바르고 헝겊도 새로 갈아주느라 한 시진이나 그의 몸을 붙잡고 옥신각신했더니 진이 다 빠졌다.

대소변을 갈아준 후에 사타구니를 씻기고 치료를 하는 순서와 방법은 야조가 자세히 가르쳐 주어서 그대로 했더니 한결 수월했다.

　그녀는 태어나서 한 번도 타인의, 그것도 남자의 대소변을 갈아주고 음경과 항문을 닦아준 적이 없었다.

　하지만 하기 싫은 것을 억지로 하지 않고 자발적으로 기꺼이 하니까 그다지 역겹다거나 더러운 생각이 들지 않았으며 마치 의당 해야 할 일을 하는 것처럼 여겨졌다.

　"휴우⋯⋯."

　그녀는 한숨을 내쉬며 나신으로 똑바로 누워 있는 화용군을 바라보았다.

　자신이 뭔가 대단한 일을 해낸 것 같은 성취감과 대견함이 물씬 느껴졌다.

　또한 그보다 더 큰 것을 얻었다. 화용군의 나신을 보고 만져도 이제는 거의 거부감을 느끼지 않는다는 사실이다.

　또한 모친과 언니를 짓밟은 강도들과 화용군이 다른 존재라는 사실을 인지하게 되었고, 그가 앞으로는 자신이 받들어 모셔야 할 주군이라는 사실을 받아들였다.

　"해냈어."

　혈검비는 빙그레 미소를 지으며 화용군의 몸에 이불을 덮어주었다.

척!

그때 휘장 밖 뒤쪽에서 문 여는 소리가 들렸다. 혈검비는 무애가 돌아오는 것이라 생각하고 벌떡 일어섰다.

그러고는 그녀가 화용군을 보고 칭찬을 할지 또 꾸중을 할지 마음이 조마조마해져서 문 쪽을 쳐다보았다.

"……!"

그런데 절반쯤 걷어진 휘장 사이로 보이는 것은 무애가 아니라 낯선 두 명의 사내가 아닌가.

그 두 명은 오른손에 검을 움켜쥐고 있는데 곧장 침상으로 달려오고 있었다.

창—

혈검비는 즉시 어깨의 검을 뽑으며 휘장 밖으로 쏘아나가서 두 사내를 맞이했다.

가까이 다가온 두 사내의 상의에 한 마리 백학이 수놓아진 것을 발견하고 그들이 백학무숙의 무사이며 장원을 급습한 것이라고 판단했다.

이놈들이 여기까지 들어올 정도면 모르긴 해도 장원 곳곳을 백학무숙 무사들이 들쑤시고 있을 터이다.

쌔액!

두 명의 백학무숙 무사, 소위 백학검사(白鶴劍士)로 불리는 자가 혈검비의 상체를 노리고 수중의 검을 짓쳐왔다.

그러나 혈검비는 피하지 않고 곧장 일직선으로 쏘아가면서 검을 뻗었다.

씨앙—

그녀가 검을 찌르자 기묘한 검명이 흘렀다. 검첨을 가볍게 떨고 또 워낙 빠른 특유의 동작 때문이다.

그녀는 싸울 때 여간해서는 피하지 않는다. 상대보다 빠르고 정확하기 때문에 피할 이유가 없다.

"큭!"

"끅!"

그녀는 검을 단 두 번 뻗음으로써 두 명의 목과 심장을 찌르고는 재빨리 두 걸음 뒤로 물러섰다. 적들이 뿜어내는 피가 몸에 묻지 않게 하려는 것이다.

쿠쿵!

그들이 피를 뿌리며 쓰러지자 그녀는 쏜살같이 문으로 달려가다가 뚝 멈추고 뒤돌아보았다.

장원이 급습을 받고 있는 것이 분명한데 밖으로 나가는 것보다는 이곳에서 화용군을 지켜야 할 것 같았다.

백학무숙이 급습했다면 화용군이 목적일 것이기 때문이다. 하지만 바깥이 어떤 상황인지 궁금했다.

그녀는 밖에 나갈 것인지 이곳에서 화용군을 지켜야 할 것인지 잠시 고민에 빠졌다.

차차차창—

"흐아악!".

"크악!"

그때 전각 밖에서 병장기 부딪치는 소리와 비명 소리가 뒤섞여서 요란하게 터졌다.

그런데 그게 창 밖에서 들려오는 터라 혈검비는 바짝 긴장하여 그쪽으로 다가갔다.

[검비! 주군을 모시고 피해라! 어서!]

그때 한 줄기 전음이 혈검비의 귓속으로 파고드는데 무애의 목소리다.

그녀를 '검비' 라고 부르는 사람은 무애뿐이다. 야조는 그녀를 '비' 라고 부른다.

창밖에서 적들과 싸우는 사람은 무애다. 아니, 야조도 함께 있을지 모른다.

무애는 혈검비더러 화용군을 모시고 피하라는 명령을 내렸으니 무조건 따라야 한다.

그 말은 무애와 야조 두 사람으로는 침입자들을 막아낼 수 없는 상황이니까 혈검비더러 화용군을 보호해서 피하라는 뜻이다.

혈검비는 화용군에게 옷을 입히고 그를 들쳐 업은 것으로도 모자라서 침상의 휘장을 찢어 이어서 자신의 몸과 단단히 묶었다.

그녀는 키가 큰 편에 속하지만 화용군에 비하면 어린애 수준이라서 그를 안을 경우 꼼짝도 할 수가 없어서 공격을 받으면 속수무책이 되고 말 것이다.

그래서 손발을 자유롭게 사용하려고 그를 업고 두 발을 등 그렇게 말아 앞으로 해서 그녀의 배를 안는 자세로 발끼리 묶어버렸다.

일단 업기만 하면 천 근 무게라고 해도 지탱할 수 있으니까 그것으로 됐다.

그녀는 신속하게 서둘렀으며 화용군을 업고 묶는 것을 끝내기까지 다섯 호흡밖에 걸리지 않았다.

그러는 동안에도 창밖에서는 치열하게 싸우는 소리가 줄곧 이어지고 있었다.

탁—

화용군을 업고 문 밖으로 나온 혈검비는 싸우는 소리가 들리는 반대쪽 복도로 내달렸다.

그녀가 복도 끝에 있는 전각의 옆문을 열고 밖으로 나가려는데 근처를 수색하고 있던 세 명의 백학검사가 혈검비와 그녀에게 업힌 화용군을 발견하고 득달같이 달려들면서 소리쳤다.

"여기다! 여기에 강호가 있다!"

혈검비는 그들에게 마주쳐 가면서 오른손의 검을 날카롭게 휘둘렀다.

씨아앙—

검첨이 세찬 강풍에 흔들리는 풀잎처럼 떨면서 쏘아 나가며 특유의 검명을 흘렸다.

푹!

"허윽!"

혈검비의 검이 가장 앞쪽에서 짓쳐오던 백학검사 한 명의 목을 꿰뚫었다.

나머지 두 명이 혈검비의 좌우로 갈라지면서 맹렬하게 공격해 왔다.

패액!

혈검비는 마음이 조급해졌다. 방금 전에 이놈들이 소리를 질렀기 때문에 백학검사들이 몰려올 텐데 그전에 여길 벗어나야만 한다.

왼쪽의 백학검사가 혈검비의 옆구리를, 오른쪽의 백학검사가 머리를 공격해 왔다.

채앵!

혈검비는 오른쪽에서 베어오는 검을 짧게 쳐서 밀어내는 순간 상체를 슬쩍 젖히면서 오른팔의 검을 어깨 너머 뒤로 길게 뻗었다.

팍!

"으악!"

그녀의 검이 뒤쪽 백학검사의 오른쪽 눈을 깊숙이 찔렀다. 혈명단의 사공세라는 검법 중에 박타세(拍打勢) 수법인데 다수의 적들을 상대할 때 유용한 검초식이다.

그녀는 검을 뽑자마자 물이 흐르듯 유연한 동작으로 오른쪽 백학검사의 목을 찔러갔다.

슉―

그러나 그자가 손가락 한마디의 차이로 피하는 순간 혈검비는 손목을 빠르고도 짧게 털었다.

팍!

"흐윽!"

혈검비의 검첨이 확 휘면서 왼쪽으로 피하고 있는 백학검사의 목을 찔렀다가 검이 원위치로 복원되면서 목을 절반이나 잘라 버렸다.

그녀의 검은 얇은 연검(軟劍)이 아니지만 강한 손목의 힘으로 검을 완전히 꺾이도록 휘게 만든 것이다.

사공세의 마지막 검초식인 절관세(折貫勢)다. 싸움 중에 검을 상하좌우 원하는 방향 원하는 만큼 휘어지게 해서 적의 몸을 찌르거나 베는 수법이다.

타앗!

혈검비는 두 호흡 만에 백학검사 세 명을 거꾸러뜨리고 왼쪽 칠팔 장 거리의 담을 향해 달려갔다.

"저기다!"

"잡아라!"

뒤쪽 전각 모퉁이에서 백학검사들이 악다구니를 쓰는 고함 소리가 어수선하게 터졌지만 혈검비는 뒤돌아보지 않고 그대로 신형을 날려 담을 넘었다.

장원 밖으로 나온 혈검비는 어디로 가야 할지 재빨리 주위를 두리번거렸다.

동쪽과 서, 남은 성내의 거리로 이어졌고 북쪽은 거리 끝에 숲이 펼쳐져 있어서 북쪽으로 냅다 달렸다.

아무래도 울창한 숲이 도망치기에 수월하고 숨을 곳이 많다는 판단에서다.

"저쪽이다!"

그녀 뒤로 삼십여 명의 백학검사가 나는 듯이 추격하기 시작했다.

카차차차창!

무애가 싸우고 있는 상대는 백학무숙의 이 인자 좌사범 자군이고, 야조의 상대는 삼 인자인 우사범 조등이다.

좌사범 자군은 백학무숙에서 백학선우 다음으로 고강한 수준이지만 무애에 비해서는 한 수 아래다.

야조는 우사범 조등하고 막상막하다. 그렇지만 무애와 야조 두 여자는 현재 열세에 처해 있는 상황이다. 각기 대여섯 명씩의 백학검사가 자군과 조등을 도와서 협공을 하고 있기 때문이다.

실력이 출중한 무애는 어떻게든 버티고 있지만 야조는 조등 하나만으로도 벅찬 판국에 다섯 명의 백학검사가 협공을 하고 있어서 피하고 막느라 언제 당할지 모를 위태위태한 상황이다.

무애와 야조는 시간이 지날수록 초조함이 극에 달했다.

장원 내에서 자신들 외에는 싸우는 소리가 들리지 않는 것으로 봐서 혈검비가 화용군을 데리고 장원 밖으로 도주한 것이 분명하다.

그렇지만 수십 명의 백학검사가 그녀를 추격하고 있기 때문에 마음을 놓을 수가 없는 것이다.

혈검비의 실력이 야조보다 반 수 고강한 것은 알지만 그 정도로는 추격하고 있는 수십 명의 백학검사를 상대할 수가 없을 터이다.

무애로서는 어떻게 해서든지 이곳을 벗어나 혈검비를 돕거나 자신이 직접 화용군을 데리고 도주하고 싶지만 뜻대로 되지 않아서 속만 바싹바싹 탈 뿐이다.

더구나 백학선우 감태정의 모습이 보이지 않아서 더욱 불안한 심정이다.

만약 감태정이 직접 혈검비를 쫓고 있다면 그것은 최악의 상황이다.

무애는 평소에 즐겨 입는 바닥에 끌리는 긴 치마에 소매가 나풀나풀한 상의 차림이다.

더구나 그녀의 애병인 사탄궁(死彈弓)이 없어서 싸우는 데 애를 먹고 있다.

그녀가 사탄궁을 손에 쥐기만 하면 지금보다 두 배 가까운 실력을 발휘하게 될 터이다.

그녀의 애병 사탄궁은 활이다. 하지만 사탄궁은 '활이란 멀리에서 발사하여 표적을 맞추는 것'이란 기존의 통념을 여지없이 깨뜨리는 무기다.

즉, 거리 같은 것에 전혀 구애받지 않고 진가를 발휘하는 것이 바로 사탄궁이다.

[지단주, 사탄궁을 가져오세요.]

그때 야조의 다급한 전음이 무애의 귀에 전해졌다. 무애는 정신이 번쩍 들었다.

사탄궁이 있으면 좋겠다는 생각은 하고 있지만 가지러 갈 생각은 하지 않았었다. 아니, 못했다. 그럴 경우 야조가 혼자

남을 것이기 때문이다.

[지단주께서 몸을 날릴 때 저도 동시에 다른 방향으로 솟구쳐서 도망칠 테니까 제 걱정은 하지 마세요.]

야조의 두 번째 전음이 들렸다. 그녀 말대로 하면 이 답답한 상황을 타개할 가능성이 있다.

그렇게 하지 않으면 이대로 계속 지칠 때까지 싸울 테고, 그사이에 화용군은 변을 당하고 말 것이다. 이젠 선택의 여지가 없다.

[야조, 지금부터 속으로 셋을 세라.]

[네. 지단주.]

무애가 결정을 내리자 야조의 목소리에 힘이 들어갔다.

두 사람은 똑같이 마음속으로 셋을 세자마자 동시에 허공으로 비스듬히 신형을 솟구쳐 올랐다.

휘익! 획!

무애는 자신의 거처 쪽이고 야조는 반대 방향이다.

"놓치지 마라!"

좌사범 자군과 우사범 조등, 그리고 십여 명의 백학검사가 이 두 여자 뒤를 추격했다.

콰작!

무애는 자신의 거처 창을 부수면서 쏜살같이 밖으로 튀어

나왔다.

쉬익! 쉭!

뒤를 이어서 그녀를 뒤쫓던 백학검사 중에 두 명이 창을 통해서 연이어 밖으로 쏘아 나왔다.

무애의 왼손에는 그녀의 애병 사탄궁이 쥐어져 있고 어깨에는 전통(箭筒:화살통)이 메어져 있다.

창을 뚫고 나온 그녀는 능숙한 동작으로 허공에 떠 있는 상태에서 화살 두 발을 뽑아 사탄궁에 장전하고 허리를 비틀어 뒤를 향해 발사했다.

투웃—

퍼퍽!

"끅!"

"컥!"

사탄궁의 무서움을 전혀 모르고 있는 백학검사 두 명이 정확하게 그리고 똑같이 목 한복판에 화살이 꽂혀서 땅으로 뚝 떨어졌다.

화살이란 한 번에 한 발씩 그것도 자세를 제대로 잡고 쏘는 것이 상식인데 그녀는 한 번에 두 발을 발사하여 두 발 다 정확하게 적중시켰다.

이런 기술은 그녀에게 어린아이 장난처럼 간단하다. 그녀는 그보다 더한 놀라운 기술들을 발휘할 수 있다. 사탄이라는 별호는 노름 같은 것으로 딴 게 아니다. 그 별호는 수많은 죽음 위에 놓여 있는 것이다.

그녀는 한쪽 발로 땅을 밟으면서 역시 창으로 쏘아 나오고 있는 백학검사 세 명에게 이번에는 한꺼번에 화살 세 발을 발사했다.

투투웃!

원래 활이란 정확성을 요하는 것이라서 움직이지 않고 정지한 상태에서 제대로 자세를 잡아서 쏴야 하는데, 무애는 불안정한 자세일 뿐만 아니라 빠르게 움직이고 있는 도중에 그것도 한꺼번에 화살 세 발을 발사하는 것이다.

이렇게 가까운 거리라면 그녀는 한꺼번에 다섯 발을 발사할 수도 있다.

퍼퍼퍽!

"크윽!"

화살 세 발은 동시에 세 명의 백학검사 목에 적중되었으며, 그중 한 명이 제대로 맞지 않아서 목 옆 부위가 뭉텅 뜯겨 나가 손으로 목을 부여잡고 지면에 나뒹굴며 처절한 비명을 질렀다.

"으아아—"

창—

무애는 어깨의 검을 뽑아 쥐고 땅바닥을 데굴데굴 구르는 백학검사의 목을 잘라 버렸다.

퍽!

"끅!"

그녀는 검을 재빨리 어깨의 검실에 꽂고 나서 활에 화살 하나를 먹이고는 자신이 방금 부수고 나온 창을 뚫어지게 쏘아보았다.

그녀를 뒤쫓아 온 자는 여섯 명으로 좌사범 자군과 백학검사 다섯 명이다.

그런데 백학검사 다섯 명을 화살로 쏴 죽였는데도 좌사범 자군이 나타나지 않는다.

그녀의 활이 두려워서 그러는 것일 게다. 제아무리 백학무숙의 이 인자라고 해도 무애가 사탄궁을 잡으면 두려워할 수밖에 없다.

무애는 더 이상 자군을 기다리지 않고 서둘러 장원의 담을 넘었다.

야조가 염려스럽기는 하지만 그녀는 잘 도망쳤으리라 믿고 화용군을 데려간 혈검비를 찾으려는 것이다.

제33장

———

살신성인(殺身成仁)

"헉헉헉……."

혈검비는 심장과 허파가 터지다 못해서 당장에라도 찢어져 버릴 것만 같았다.

장원 안에서 백학검사 다섯 명을 죽인 후에 장원을 벗어나서 여기까지 도망치는 동안 다시 열두 명의 백학검사를 더 죽였다.

그녀의 경공술은 백학검사들에 비해서 비교할 수 없을 정도로 월등하다.

그러나 자신보다 체구가 절반 이상 더 무거운 화용군을 업고 있기 때문에 지금 상태로는 백학검사들하고 비슷하거나 조금 느려지게 되었다.

일반적으로 살수들은 경공술이 뛰어난 수준이다. 뿐만 아니라 은둔술이나 환영술, 지둔술(地遁術) 등 탁월한 재주들도 지니고 있다.

하지만 그것은 어디까지나 홀몸이었을 때 빛을 발하는 수법들이다.

지금처럼 커다란 혹을 붙이고 있을 때에는 그런 것들이 하등 소용이 없다.

가을의 숲은 매우 울창했으며 그녀가 달릴 때마다 발아래에서 짓밟힌 낙엽들이 비명을 질러댔다.

아무리 낙엽이 수북하다고 해도 살수는 일체 낙엽 밟는 소리를 내지 않지만 지금은 상황이 다르다. 그녀가 달릴 때마다 발밑에서 퍼석거리는 소리가 터졌다.

퍽퍽퍽퍽…….

추격하고 있는 백학검사들이 낙엽을 밟는 소리가 뒤쪽 가까이에서 들렸다.

굳이 뒤돌아보지 않고서도 최소 후방 삼 장쯤 거리라는 것을 짐작할 수 있다.

숲은 울창하지만 추격이 워낙 가까워서 숨을 곳도 없을뿐더러 지금 상황에서는 숨을 수도 없다.

'세 명⋯⋯.'

혈검비는 추격자들의 발걸음 소리와 거친 숨소리로 세 명이라고 파악했다.

그녀는 그들이 최대한 가까이 접근할 때까지 기다렸다가 공격할 생각이다.

전력으로 달리다가 멈춰서 뒤돌아 싸우면 공력이 허비되는 것도 허비되는 것이지만 싸우고 나서 다시 달리면 많은 시간을 낭비하게 된다.

그러니까 달릴 수 있을 때 한 걸음이라도 더 멀리 가려는 것이다.

"에잇!"

그때 그녀 뒤에서 쥐어짜는 듯한 기합 소리가 터졌다. 뒤돌아보지 않아도 기를 쓰고 쫓아온 백학검사 한 명이 공격을 가하는 것을 알 수 있다. 공을 세우려고 서두는 듯한데 그것이 그의 실수다.

팟―

달려가던 혈검비는 갑자기 방향을 왼쪽으로 확 꺾어 한 걸음을 내디뎠다가 빙글 반회전하면서 오른손의 검을 수평으로 떨쳤다.

씨유웅―

칵!

"흐액!"

적의 공격을 보지도 않은 상태에서 소리만 듣고 반격한 것이지만 한 치의 어긋남도 없이 혈검비의 검첨이 백학검사 한 명의 콧등을 파고들었다.

그러나 그녀가 반회전하는 동작 중이고 백학검사가 달려드는 상황이었으므로 검이 콧등을 찔렀다가 골을 자르면서 관자놀이로 튀어나왔다.

얼굴 절반이 잘라져서 피와 골수를 뿌리며 쓰러지고 있는 백학검사 뒤 일 장 거리에서 두 명의 백학검사가 저돌적으로 몸을 날리면서 악다구니를 쓰며 공격해 왔다.

쐐액!

"죽어라!"

그리고 그 뒤 이십여 장 거리에서 다섯 명, 그리고 그 뒤로 십여 명의 백학검사가 몰려오고 있는 게 보였다.

가장 가까운 곳에서 공격하고 있는 두 명을 죽이는 것이 조금이라도 늦어질 경우 이십여 장 거리의 다섯 명이 들이닥칠 것이다.

그리고 그다음에는 십여 명이 속속 도달하여 혈검비로서는 옴짝달싹 못하는 신세가 되고 말 것이다.

그러니까 이 두 명을 어떻게 해서든 재빨리 죽이고 다시 도망쳐야만 한다.

하지만 서둘러서 덤벙대다가는 오히려 일을 망칠 수가 있으니까 이럴 때일수록 정확해야만 한다.

그때 혈검비는 매우 중요한 사실 하나를 깨달았다. 그건 적들을 반드시 죽여야만 하는 것이 아니라는 점이다.

그저 추격을 하지 못하게끔 만들면 된다. 그런데도 그녀는 지금껏 백학검사들을 반드시 죽였었다. 표적을 반드시 죽여야만 하는 살수 본연의 습관이다.

그냥 아무 곳이나 찌르고 베어 주저앉혀서 추격을 못하게 만들면 되는 건데 공연한 수고를 한 것이다.

생각이 거기에 미치자 그녀는 덮쳐드는 두 백학검사의 몸 아래쪽으로 엎드리듯이 수평으로 파고들며 검을 위로 한 바퀴 돌려 휘저었다. 아무 곳이나 베려는 수법이다.

카각!

"크악!"

"흐아악!"

갈비뼈와 척추를 가르는 무디고 둔탁한 음향과 느낌이 전해지면서 처절한 두 마디 비명 소리가 고요한 숲 속에 울려 퍼졌다.

개인적으로 혈검비는 이런 식의 살인을 즐겨 하지 않는다. 그녀가 선호하는 것은 급소를 찔러서 간단하게 즉사시키는 방법이다.

적에게 온전히 시신을 보존하게 하려는 자비심에서가 아니라 반드시 적의 숨통을 끊어야만 하는 살수들 본연의 책임감 탓이다.

어쨌든 그녀는 몸이 하강하자 왼손으로 수북한 낙엽 더미를 짚었다가 힘껏 밀어서 몸을 허공으로 띄운 후 허공중에서 빙글 신형을 돌려 원래 가던 방향으로 쏘아갔다.

쉬익!

추격하고 있는 백학검사들이 지금쯤 어디까지 왔는지 확인하진 않았으나 방금 두 명을 단숨에 죽였기 때문에 다섯 명의 백학검사는 아마도 십오륙 장 거리에서 달려오고 있을 것이라고 짐작했다.

'이런……'

혈검비는 급히 신형을 멈추면서 난감한 표정을 지었다.

그녀의 앞을 물길이 가로막고 있다. 정확하게 설명하자면 제남 내성과 외성 사이를 흐르는 운하다.

이런 상황이 닥칠 것이라고는 전혀 예상하지 않았었다. 하지만 이곳에 운하가 흐른다는 사실은 예전부터 알고 있었는데 까맣게 망각하고 있었다.

그녀의 기억이 틀리지 않는다면 이 운하는 대명호에서 흘러나와 북서쪽으로 흘러 황하로 유입된다.

황하로 유입되든지 아니면 장강으로 합쳐지든 그런 것은 중요하지가 않다.

지금 중요한 것은 운하의 폭이 무려 십여 장에 이른다는 사실이다.

그녀는 한 번의 전력 도약으로 최대 오 장까지 비상(飛上)하여 건널 수 있다.

하지만 그것도 홀몸일 때 얘기다. 지금 상황이라면 삼 장 반이나 잘하면 사 장일 것이다.

그렇다면 아무리 힘껏 뛴다고 해도 두 번으로도 운하를 건너지 못한다는 뜻이다.

그러니까 결국 물에 빠져야 한다는 결론이다. 화용군을 업은 채 물에 빠져서 헤엄을 쳐야만 하는 상황이니 난감하기 짝이 없다.

그러나 지금 이 시각에도 백학검사들이 추격하고 있으니 우물쭈물할 겨를이 없다.

그러니 어차피 물에 빠져서 헤엄을 쳐야 한다면 촌각이라도 서두르는 것이 좋다.

혈검비는 화용군을 제대로 업었는지 묶은 천을 다시 한 번 확인했다.

그러고는 최대한 멀리 도약하기 위해서 뒤로 십여 걸음 물러나면서 공력을 끌어 올렸다.

그런데 그녀가 막 앞으로 달려가려고 할 때 오른쪽에서 조용한 목소리가 들렸다.

"업고 있는 자를 내놓아라."

움찔 놀라서 멈칫한 혈검비가 다급히 그쪽을 쳐다보자 오른쪽 오 장 거리에 눈처럼 흰 장삼을 입은 노인이 밤바람에 옷자락과 수염을 표표히 날리면서 천천히 이쪽으로 걸어오고 있다.

'백학선우!'

순간 혈검비의 눈이 커졌다. 무애는 지금껏 백학선우를 서너 번 만난 적이 있었으며, 무애를 수행했던 혈검비도 그를 봤었다.

백학선우 감태정은 인자한 미소를 지으며 혈검비가 업고 있는 화용군을 가리켰다.

"그자를 내려놓으면 널 놔주겠다."

투웃!

"검비야! 어서 가라!"

그런데 그때 감태정 뒤쪽에서 파공음과 고함 소리가 동시에 터졌다.

감태정 뒤쪽 삼십여 장 거리에서 무애가 쏜살같이 달려오며 감태정에게 두 대의 화살을 발사하면서 소리친 것이다.

타앗!

혈검비는 즉각 발로 힘껏 땅을 박차며 운하를 향해 신형을
날렸다.

감태정은 무애의 사탄궁이 일절(一絕)이라는 사실을 잘 알
고 있기에 방심하지 못하고 전력으로 몸을 날려 두 대의 화살
을 아슬아슬하게 피했다.

투웃—

무애는 조금 전보다 훨씬 가까운 거리까지 쏘아 오면서 감
태정을 향해 또다시 두 발의 화살을 발사했다.

방금 전 삼십 장 거리에서 쏜 화살을 어렵사리 피한 감태정
은 이번에는 더 가까운 거리에서의 화살이기에 피하기 어려
울 것이라 여기고 다급히 어깨의 검을 뽑는 즉시 풍차처럼 맹
렬하게 회전시켰다.

카캉!

두 대의 화살이 퉁겨지면서 감태정은 손목과 팔이 찌르르
한 것을 느꼈다.

혈검비는 물에 추락할 것에 대비하여 검을 검실에 꽂고 두
팔을 뒤로 돌려 화용군을 힘껏 안았다.

첨벙!

이어서 운하 중간쯤 물에 떨어지자 반대편 기슭을 향해 팔
이 보이지 않을 정도로 헤엄을 쳤다.

"하악! 하아아……."

헤엄을 치느라 숨이 턱에 찬 그녀는 기슭으로 올라서다가 힐끗 뒤돌아보았다.

운하 반대편에서 백학검사들이 속속 몸을 날려 물로 뛰어들고 있었다.

그리고 그곳에서 멀지 않은 곳에서는 무애가 감태정과 일대 일로 치열하게 싸우는 광경도 보였다.

잠시도 쉴 틈이 없는 혈검비는 그 즉시 일어나 사력을 다해 다시 달리기 시작했다.

'뭐, 뭐야 저것들은…….'

운하를 건너 일각쯤 쉬지 않고 달리던 혈검비는 전방에서 마치 활짝 펼쳐진 학의 두 날개처럼 넓게 포진한 상태로 전진해 오고 있는 일단의 무사를 발견하고 달리는 것을 멈추었다.

이곳은 벌판인데 꽤 많은 무사가 어둠 속에서 속속 나타나며 다가오고 있었다.

추격하는 백학검사들을 가까스로 따돌렸다고 내심 안도하고 있는 상황에 정체불명의 무사들이 그녀의 앞을 가로막은 채 다가오고 있는 것이다.

이런 야심한 시각에 그녀를 향해 떼거리로 달려오고 있는 무리라면 절대로 친구일 리가 없다.

그녀는 힐끗 뒤돌아보았다. 추격하는 백학검사들의 모습

은 아직 보이지 않지만 곧 들이닥칠 것이다.

스사사…….

그녀가 머뭇거리고 있는 사이에 학익(鶴翼)의 형태로 다가오고 있던 무사들이 더 넓게 펼쳐지면서 완전히 그녀를 포위해 버렸다.

그녀의 뒤쪽은 터놓았으나 그곳으로는 백학검사들이 몰려올 것이므로 되돌아갈 수가 없다.

결국 그녀는 점점 다가오고 있는 이들을 뚫고 나갈 수밖에 없다는 결론을 내렸다.

그리고 그때 그녀는 정체불명의 무사들이 입고 있는 복장을 보고 그들이 누군지 알게 되었다.

그들은 대명제관 중에서 백학무숙 다음으로 규모가 큰 은성검도관(銀星劍道館)과 무극관(無極館)을 비롯한 네 개 무도관의 관무사들이었다.

혈검비는 이들이 갑자기 나타난 것이 뜻밖이지만 이상하게 생각하지는 않았다.

왜냐하면 은성검도관과 무극관을 비롯한 네 개 무도관은 사실 백학무숙 소유이기 때문이다.

혈명단은 제남에서는 백학무숙과 은성검도관, 무극관 등 다섯 개 무도관을 수료한 인재 중에서 혈명살수 후보생들을 뽑는데 그 이유는 그들 다섯 개 무도관이 전부 한통속, 즉 백학무숙 소유이기 때문이다.

　백학무숙은 혈명단과 끈끈한 유대를 맺고 있다. 아니, 백학선우 감태정 개인이 그렇다.

　하지만 혈검비는 그 이유에 대해서는 전혀 모르며 알고 싶지도 않다.

　혈검비는 원래 겁이 없으며 절망 따윈 하지 않는 성격이다. 맞으면 맞을수록 반발하는 강골(强骨)이 바로 그녀다. 그런 성격은 이런 상황에서 더욱 빛을 발한다.

　"어디 한번 해보자."

　그녀는 오른손의 검을 힘껏 움켜잡고 어금니를 악물면서 곧장 전면을 향해 쏘아갔다.

　엎어져 있던 혈검비가 정신을 차릴 즈음에는 부옇게 동이 트고 있었다.

　"아……."

　그녀는 육체의 고통보다는 업고 있던 화용군의 안위가 염려되어 급히 상체를 일으키며 그를 돌아보았다.

　"으윽……."

　그러나 그녀는 갑자기 온몸이 해체되는 것 같은 극심한 고통을 느끼며 다시 엎어졌다.

　그제야 그녀는 자신이 포위망을 뚫는 과정에서, 그리고 여기까지 도주를 하면서 몇 군데 심한 상처를 입었다는 사실을 기억해 냈다.

"으음……."

그녀는 잠시 엎드려 있다가 심기일전하여 두 손으로 바닥을 짚고 다시 천천히 상체를 일으켰다.

고통스러운 것보다는 등에 묵직한 것이 느껴져서 아직 화용군을 업고 있다는 사실을 확인하고 적이 안심했다.

"헉헉헉……."

단지 일어나서 앉는 동작 하나만으로도 그녀는 진이 빠져 심하게 헐떡거렸다.

주위를 둘러본 그녀는 자신이 누런 풀이 무성한 산비탈에 앉아 있다는 사실을 알게 되었다.

그런데 기억이 하나도 나지 않았다. 단지 여러 군데 칼질을 당하고 피를 흘리면서 멀리 산이 있는 방향으로 죽을힘을 다해서 달렸던 기억만이 가물거렸다.

그녀는 화용군이 무사한지 돌아보려다가 묵직한 신음을 흘리고 말았다.

"윽……."

왼쪽 목이 칼로 도려내는 것처럼 아파서 손을 대보니까 아직도 피가 흐르고 있다.

급히 지혈을 하고 나서 상처가 더 있나 살펴보니 오른쪽 옆

구리와 왼쪽 허벅지에 베이고 찔린 상처가 꽤 깊었으며 그곳
에서도 피가 흘러 지혈을 했다.

그밖에도 작은 상처들이 십여 군데 있으나 목과 옆구리, 허
벅지에 비하면 대수롭지 않은 상처들이다. 그중에서도 목의
상처가 가장 깊었다.

하지만 그보다는 화용군의 안위를 확인해야 하는데 여기
에서는 곤란할 것 같다.

지금 그녀의 상태가 심각한데 꽁꽁 묶은 화용군을 풀었다
가 다시 업어야 한다는 것이 엄두가 나지 않았다.

그녀는 운공조식을 한 번 하려다가 그만두었다. 일단 이곳
이 어딘지 확인하고 나서 더 안전한 곳으로 이동하는 것이 급
선무일 것 같았다.

"음……."

털썩!

반쯤 일어서던 그녀는 낮은 신음을 흘리면서 그대로 맥없
이 주저앉았다.

몸에 힘이라곤 남아 있지 않았다. 더구나 일어서느라 힘을
쓰는 바람에 조금 전에 지혈했던 상처가 터져서 다시 피가 흘
러나오기 시작했다.

"하아……."

그녀는 난감했다. 지금 이곳이 어딘지, 어떤 상황인지 전혀

모르는 판국에 일어서는 것조차 힘겨운 몸으로 대체 무얼 어떻게 한다는 말인가.

할 수 없이 그녀는 급한 대로 그 자리에 앉아서 운공조식을 시작했다.

하고 싶어서가 아니라 하지 않으면 일어서는 것조차 불가능하기 때문이다.

"음……."

화용군은 나직한 신음을 흘리면서 정신을 차렸다.

눈을 떴지만 아무것도 보이지 않았고 자세가 불편한 것인지 마치 온몸이 꽁꽁 묶인 것처럼 매우 답답했다.

그가 지난번 정신을 차렸을 때에는 어느 방 침상에 누워 있었고 침상 옆에는 야조가 앉아 있다가 울면서 반갑게 소리쳤었다.

그리고 나서 이번에 두 번째로 정신을 다시 차리고 있는 지금 그는 자신이 아주 잠깐 정신을 잃었다가 깨어난 줄 알고 있다.

그렇다면 야조가 무애를 부르러 갔으니까 곧 두 여자가 나타날 것이다.

그럼 그녀들에게 왜 이렇게 답답하고 캄캄한 것인지 물어볼 생각이다.

그는 눈을 감고 가만히 있다가 문득 운공조식을 해봐야겠다는 생각이 들었다.

천보가 만들어준 역천심법은 어떤 자세로 해도 가능하니까 지금 그가 어떤 상태이든지 어쩌면 운공조식이 될지도 모르는 일이다.

얼마나 시간이 흘렀는지 모른다. 운공조식이 되는 바람에 내리 다섯 차례나 해버렸기 때문이다. 어쩌면 한 시진 정도 흘렀을 것이다.

그렇지만 그 덕분에 화용군은 정신이 한결 맑아졌으며 눈을 떠보니까 아까하고는 달리 주위가 부옇게 보였으며 움직임도 약간 수월해졌다. 캄캄한 건 여전하지만 공력이 생겼기 때문이다.

아니, 주위가 아니라 누군가의 뒤통수가 보였다. 그러면서 그는 한 가지 사실을 깨달았다.

자신이 누군가 엎드려 있는 사람 위에 포갠 자세로 엎드려 있다는 사실이다.

"이봐."

그가 조용히 불렀으나 아래쪽에 있는 사람은 대답은커녕 꿈짝도 하지 않았다. 그래서 혹시 죽었을지도 모른다는 생각이 들었다.

그런데 뒷머리만 봐서는 누군지 알 수가 없지만 무애나 야조는 아닌 것 같다.

그녀들을 잘 알지는 못하지만 머리 모양이 이런 뒤통수가 아닌 것만은 분명하다.

화용군은 조금 움직여 보는 것을 시도했지만 꼼짝도 하지 않았다.

고개를 이리저리 두리번거리고 나서야 자신이 아래쪽 사람에게 업혀 있으며 천으로 꽁꽁 묶여 있다는 사실을 알게 되었다.

'어떻게 된 것인가……'

그의 기억으로는 자신이 어느 방의 침상에 누워 있었던 것으로 알고 있었다.

그런데 잠깐 정신을 잃었다가 다시 깨어나 보니까 누군가의 등에 꽁꽁 묶인 채 업혀 있는 것을 깨닫고 주위를 둘러보려고 애쓰면서 생각을 정리해 보았다.

'습격을 당한 것인가?'

그런 생각을 하면서 그의 시선은 정면의 흙벽과 위쪽의 흙 천장을 살피고 있다.

그는 침상에 누워 있는 것이 아니라 흙벽과 흙 천장이 보이는 곳에 엎드려 있다. 그렇다면 이곳은 어두컴컴한 어떤 땅속이라는 얘기다.

"이봐. 날 업고 있는 게 누구냐?"

그는 자신을 업고 있는 사람에게 몇 번 더 말을 걸었으나 여전히 무응답이다.

그래서 그때부터 그는 자신의 힘으로 묶인 천을 풀기로 마음먹었다.

쿵!

"윽……."

일각에 걸쳐서 애를 쓴 덕분에 천이 풀리는 순간 그는 옆으로 굴러내려 땅에 옆으로 누운 자세가 되었다.

그 약간의 충격에 몽둥이로 온몸을 한꺼번에 두들겨 맞은 것 같은 고통이 엄습했다.

백학무숙에 침입했다가 입은 상처 때문인데 견딜 수 없을 정도는 아니다.

그는 온몸이 깨질 것 같은 고통을 견디면서 천천히 몸을 일으켜 앉았다.

그러고는 제일 먼저 누가 자신을 업고 있었는지 확인하기 위해서 그 사람을 뒤집었다.

"끙……."

턱—

아무렇게나 막 자른 듯 덥수룩한 봉두 머리카락에 창백한 얼굴이 나타났다.

날카로우며 고집스러운 인상이지만 무척이나 예쁜 얼굴의 여자다.

화용군으로서는 처음 보는 얼굴이며 무애나 야조가 아닌 것만은 분명하다.

그는 그녀에게서 시선을 거두어 잠시 여기가 어떤 곳인지 둘러보았다.

저만치 입구라고 여겨지는 곳 일 장쯤 거리에서 부융한 빛이 흘러들고 있으며 이곳은 동굴이라기보다는 작은 토굴(土窟) 속이었다.

그리고 토굴 입구에는 무성한 풀이 가려주고 있어서 숨기에는 제격이다.

화용군은 그제야 자신이 처음 정신을 차렸다가 다시 혼절하여 꽤 오랜 시간이 지났음을 알게 되었다.

그는 자신의 앞에 누워 있는 여자를 살펴보았다. 눈을 꼭 감고 입을 굳게 다물었는데, 그녀의 목 왼쪽에 베인 상처가 매우 깊었다.

슥—

고개를 숙여서 그녀의 가슴에 귀를 대보았다.

"음."

심장박동 소리가 너무도 미약해서 그는 나직한 신음을 흘리고 이번에는 손목의 촌관척을 짚었으나 맥 역시 끊어질 듯 몹시 흐렸다.

그는 의술에는 문외한이지만 이 상태로는 여자가 오래지 않아서 죽을 것 같다는 생각이 들었다.

현재 그는 중상을 입은 상태라서 자신의 몸 하나 건사하기 어려운 처지지만, 죽어가는 여자를 이대로 내버려 둘 수는 없다는 생각이다.

그녀가 중상을 입은 상태에서 그를 업고 이런 토굴 속으로 기어 들어와 사경을 헤매고 있다면 필경 무애하고 연관이 있는 사람일 것이다.

"후우……."

그녀에게 진기를 주입시키고 난 화용군은 기진맥진하여 흙벽에 등을 기댔다. 만약 뒤에 흙벽이 없었다면 그대로 바닥에 쓰러졌을 것이다.

그러나 그는 잠시 숨을 고른 후에 그녀의 가슴에 귀를 대고 심장박동을 들어보았다. 여전히 흐릿하긴 하지만 아까보다는 조금 좋아졌다.

진기를 더 많이 주입하면 그녀가 더 좋아지겠지만 그에겐 그럴 만한 진기가 없다.

주입할 진기를 만들려면 몇 차례 더 운공조식을 해야 할 것이지만 그건 나중 일이다.

"음……."

그때 그녀의 까칠한 입술이 약간 벌어지며 미약한 신음 소리가 새어 나왔다.

화용군은 그녀의 긴 속눈썹이 파르르 떨리다가 눈을 뜨는 것을 물끄러미 굽어보았다.

"헛?"

눈을 뜬 그녀는 자신을 굽어보고 있는 낯설고 검은 얼굴을 발견하고는 움찔 놀랐다.

"그대는 누구요?"

"……."

화용군의 물음에 그녀는 눈을 깜빡거리면서 잔뜩 긴장한 얼굴로 그를 쏘아보았다.

만약 그녀에게 힘이 있었다면 이런 상황에서 무조건 상대의 얼굴에 주먹을 날렸을 것이다.

약간의 시간이 흐른 후에 그녀는 비로소 상대가 화용군이라는 사실을 깨닫고 적잖이 안도했다.

"주군……."

화용군을 '주군'이라고 부르는 사람은 무애와 야조뿐이다. 그렇다면 이 여자도 무애의 심복일 것이다. 역시 그의 짐작이 맞았다.

"무애의 수하인가?"

"그렇습니다."

"어떻게 된 일이지?"

여자 혈검비는 한 차례 길게 숨을 들이쉬고 나서 매우 힘겹게 천천히 설명을 시작했다.

혈검비로부터 모든 설명을 듣고 난 화용군은 마음이 몹시 착잡해졌다.

누운 자세에서 설명을 끝낸 혈검비는 몹시 힘이 드는지 눈을 감고 한동안 숨을 헐떡거렸다.

"하아아… 하아……."

화용군은 굳은 얼굴로 생각에 잠겼다. 혈검비의 설명을 듣고 나서 결론을 내린다면 무애와 야조는 거의 죽은 것으로 봐야 한다.

그녀들은 혈검비에게 화용군을 맡겨서 도망치도록 하고 자신들은 백학선우 감태정과 수십 명의 백학검사, 그리고 백학무숙과 한통속인 수백 명의 동조자를 맨몸으로 막다가 죽은 것이다.

"무애… 야조……."

갚지 못할 빚을 졌다는 생각에 마음이 무거워진 그는 무겁게 중얼거렸다.

지난번 남천고수들에게 포위되어 죽음의 위기에 처했을 때에는 동명고수들과 천보가 그의 목숨을 구해주었으며, 이번에는 무애와 야조, 그리고 혈검비가 생명의 은인이다.

그런데 그녀들의 행동을 이해하기가 어려웠다. 화용군과 그녀들 사이에는 끈끈한 그 무엇도 없으며, 서로를 강하게 연결하는 이해관계 같은 것도 없었다.

그저 무애와 처음으로 딱 한 번 만나서 기묘한 상황 때문에 주종관계가 되었으며, 두 번째 만나서는 같이 술을 마시고 나서 헤어졌을 뿐이다.

솔직하게 말하자면 화용군에게 무애와 야조는 단지 스쳐 지나가는 타인보다는 조금 나은 그런 여자일 뿐이다.

그런데 그녀들은 백학무숙까지 잠입하여 사경에 처한 그를 구했을 뿐만 아니라 그 후에는 그를 살리려고 자신들의 목숨까지 버렸다.

화용군이라면 그녀들을 위해서 절대로 그렇게까지 하지 못할 것이다.

정신이 이상해졌거나 멍텅구리가 아닌 다음에야 어떻게 그럴 수가 있겠는가.

"이해할 수가 없군. 도대체 왜……."

"뭐가 말입니까?"

그의 중얼거림에 줄곧 눈을 감고 있으며 기운을 차린 혈검비가 눈을 뜨며 물었다.

"그녀들이 그렇게까지 나를 위해서 헌신을 했다는 게 믿어지지 않아."

화용군은 솔직하게 말했다.

혈검비는 흙벽에 기대있는 화용군을 잠시 물끄러미 응시하다가 중얼거렸다.

"그녀들은 처음이었습니다."

"뭐가 말이냐?"

"정사가… 처음이었다는 겁니다."

"정사?"

"그녀들은 숫처녀… 였습니다."

밑도 끝도 없는 말에 화용군은 미간을 찡그렸다.

"그게 뭐 어쨌다는 거냐?"

혈검비는 헐떡이면서도 눈살을 찌푸렸다.

"하아아… 혹시 주군은… 그날 밤 일을 모르는 겁니까? 아니면 부정하시는 겁니까?"

"그날 밤 일이라니?"

"주군께서 만취하여 지단주, 야조와 함께 동침했던 일……."

"……."

순간 화용군은 머리가 커다란 바위에 깔린 것 같은 거센 충격을 받았다.

자신이 무애, 야조와 동침을 했다니. 하지만 그는 하나도 기억나지 않았다.

다음 날 아침에 일어났을 때 자신이 취중에 그녀들에게 무슨 짓을 저지르지 않았는지 확인해 봤으나 옷이 입혀 있었으며 의심할 만한 상황이 아니었다.

"그… 게 정말이냐?"

"제가 문 밖에서 들었습니다."

"뭘… 말이냐?"

혈검비는 힘이 드는지 눈을 감고 잠시 숨을 고른 후에 더듬거렸다.

"몹시 취한 주군께서… 그녀들에게… 옷을 모두 벗고 침상으로 올라오라고 말씀하셨습니다……."

"내가……."

"그리고 잠시 후에… 주군께서 그녀들을 짓밟는 소리가 들렸습니다……."

화용군은 심신이 땅 밑으로 끝없이 가라앉는 것을 느꼈다. 혈검비의 말을 조금만 더 듣고 있으면 숨이 막혀서 죽을 것만 같았다.

"음. 그만해라."

"알았습니다."

토굴 안에 고요한 침묵이 흘렀다.

탁… 탁… 탁…….

혈검비는 둔탁한 소리에 눈을 떴다. 그녀는 자신의 왼쪽에
앉아 있는 화용군이 기대고 있는 흙벽에 뒤통수를 부딪치고
있는 것을 봤다.

그리고 일그러진 그의 얼굴이 보였다. 그래서 그가 자책하
고 있다는 생각이 들었다.

하지만 몸도 성치 않은 그가 흙벽에 뒤통수를 부딪치는 것
은 좋지 않다는 생각에 그를 말리려고 했으나 말이 나오지 않
았다.

뿐만 아니라 그의 모습이 흐려지더니 그녀는 늪에 빠지는
것처럼 혼절해 버렸다.

제34장

생사기로

혈검비는 다시 정신을 차렸다.

그녀는 똑바로 누운 자세로 몇 번 눈을 깜빡거리다가 고개를 돌리려고 했으나 움직여지지 않았다. 힘이 하나도 없어서 눈을 뜨는 것조차도 힘에 겨웠다.

그래서 칠흑처럼 캄캄한 암흑 속에서 눈동자만 이리저리 굴리며 화용군을 불러보았다.

"주군……."

그런데 대답이 없다. 혹시 그가 자고 있는지 숨소리를 들으려고 가만히 있었으나 아무 소리도 들리지 않았다.

꽤 오랜 시간이 흘렀을 때 혈검비는 하나의 사실을 깨닫게 되었다.

이 토굴 안에는 자신 혼자만 있다는 사실이다. 즉 화용군은 이곳에 없다.

그 사실을 확인하고 나서 제일 처음에 떠오르는 생각은 화용군이 그녀를 버리고 떠났다는 것이다.

그리고 몇 차례 곱씹어서 아무리 좋게 생각을 해보려고 해도 그 사실은 변함이 없었다.

화용군은 저 혼자만 살겠다고 그녀를 버렸다. 혈검비가 거추장스러워졌을지도 모른다.

그것을 인정한 혈검비는 캄캄한 토굴 안이 한층 더 캄캄해지는 것을 느꼈다.

주군을 위해서라면, 아니, 충성을 맹세한 무애의 명령이라면 주군을 호위하다가 한 목숨 바치는 것이야 아깝지 않지만, 막상 그것이 '버림을 받았다'는 현실로 닥치자 그녀는 사뭇 착잡함과 비참함으로 가슴이 시렸다.

이제 그녀는 철저히 혼자 남았다. 죽든 살든 그녀 혼자서 헤쳐 나가야만 한다.

그녀는 눈을 감고 운공조식을 시도해 보았다. 운공조식이 된다면 그녀도 살아날 한 가닥 희망을 걸어볼 수가 있지만 안타깝게도 되지 않았다.

운공조식에 필요한 최소한의 진기가 단전에서 전혀 모아지지 않았다.

그렇게 피를 말리는 발버둥을 치다가 그녀는 자신도 모르는 사이에 또다시 혼절하고 말았다.

얼마나 시간이 흘렀는지 모르는데 그사이에 혈검비는 한 번 더 혼절에서 깨어났다.

그렇지만 화용군의 모습은 여전히 보이지 않았다. 아니, 너무 캄캄해서 눈을 뜬다고 해도 그의 모습은 보이지 않지만 이 토굴 안에 그가 없는 것만은 분명했다.

아까였는지 언제였는지 시각은 잘 모르겠지만, 어쨌든 지난번에 깨어났을 때보다 기력이 더 없고 눈도 잘 떠지지 않는 것을 보니 그녀는 자신이 점점 더 약해지고 있다는 사실을 깨달았다.

그녀는 자신이 이번에 혼절하면 어쩌면 다시는 깨어나지 못할지도 모른다는 불안감이 엄습했다.

올해 이십사 세. 상전인 무애와 동생 같은 동료인 야조에겐 절대로 말하지 않았던 비밀이 하나 있다. 그녀는 부모가 강도들에게 모두 죽어서 갈 곳 없는 천애고아가 됐었다고 말했었지만 사실 그게 아니었다.

사실인즉 모친과 언니가 강도들에게 무참히 강간을 당하고 있을 때 아버지는 두 오빠와 함께 자신들만 살자고 도망을 쳤었다.

　강도가 떠난 후에 돌아온 아버지와 두 오빠는 죽어 있는 모친과 언니를 보고는 펑펑 목을 놓아 울었고, 뒤뜰 무너진 담 뒤에 숨어 있던 여덟 살짜리 혈검비와 다섯 살짜리 어린 여동생을 찾아냈다.

　이후 아내와 큰딸을 잃은 상심에서 벗어나지 못한 아버지는 그때부터 허구한 날 술독에 빠져서 살았다.

　그러지 않아도 가난했던 집안은 그때부터는 아예 끼니를 잇지 못할 지경이 돼버렸다.

　결국 술 때문에 정신까지 황폐해진 아버지는 제비새끼들처럼 매일 먹을 것만 보채는 입이라도 덜어보려고 혈검비와 그 아래 여동생을 그즈음 마을에 들어와 있던 마희단(馬戲團:곡예단)에 떠넘기다시피 팔아버렸다.

　그 당시나 지금이나 가난한 집들은 걸핏하면 자식들을 이곳저곳에 파는 것이 유행처럼 번졌으나 한 가지 불문율이 있었으니 절대로 아들은 팔지 않는다는 사실이다.

　아들은 대를 이어야 하고 어떻게든 키워놓으면 재산을 불려주는 밑천이기 때문이다.

　그녀의 아버지는 여덟 살짜리 그녀와 다섯 살 그녀의 동생을 마희단에 팔고 얼마를 받았는지 모르지만, 한 사람당 은자 한 냥은 넘지 않았을 것이다.

그저 입 하나 덜어주는 것만 해도 어딘데 돈까지 많이 바라겠는가.

마희단에 팔렸던 혈검비는 이리저리 굴러다니다가 우연찮은 기회에 타고난 좋은 근골 덕분에 혈명단에 발탁되어 혈명살수로 키워져서 인생역전의 삶을 살아왔었다.

이후 그녀는 자유롭게 활동을 할 수 있게 되고 매월 두둑한 녹봉을 받게 되었지만 아버지와 두 오빠가 살고 있는 고향집에는 한 번도 찾아간 적이 없었다.

그들이 아직 그곳에 살고 있을지도 미지수지만 보고 싶다는 생각이 추호도 들지 않았다.

그녀의 기억에는 어머니와 언니가 강도들에게 무참하게 강간을 당하고 있을 때 자신들만 살자고 도망쳤던 아버지와 두 오빠에 대한 배신감이 지금까지도 화인(火印)처럼 뚜렷하게 새겨져 있다. 그녀에겐 비열하기 짝이 없는 아버지와 오빠들이다.

세 살 터울의 여동생에 대한 기억은 그저 안타깝기만 할 뿐 찾으려고 들지 않았었다.

여동생을 찾아내면 세상의 그 누구보다도 행복하게 해주고 싶기는 하지만 어디에서부터 어떻게 찾아야 할는지 막막하기만 할 뿐이다.

그랬었던 그녀가 지금 하늘처럼 떠받들었던 주군에게 버림을 받았다.

두 번째 배신이다. 그것 때문에 까맣게 잊고 있었던 아버지와 두 오빠가 생각난 것이다.

그리움이 아니라 그들에게 받았던 배신에 대한 역겨움의 상처가 덧난 것이다.

"상(祥)아……."

그녀는 마지막으로 메마른 입술을 달싹이며 더듬거렸다. 반여상(潘如祥)이 여동생의 이름이다.

그리고 오랫동안 잊고 있었던 혈검비의 이름은 반옥정(潘玉珽)이다.

아픔 때문에 혈검비, 아니, 반옥정은 깨어났다.

한 번만 더 혼절하게 되면 다시는 영원히 깨어나지 못하고 그것으로 죽을 것이라고 생각했었는데 기적적으로 다시 깨어났다.

'후후… 끈질긴 목숨이다……'

생사에 대해서는 이제 어느 정도 초연해진 그녀는 속으로 쓴웃음을 흘렸다.

어차피 죽을 목숨인데 깨끗하게 끝나지 않고 참 구질구질

하다는 생각도 들었다.

"……."

그런데 아팠다. 아니, 쓰라렸다. 목과 옆구리, 허벅지의 상처들이 몹시 따갑고 쓰라렸다.

그중에서도 옆구리의 상처가 가장 아팠다. 목의 상처도 화끈거리면서 불이 난 것 같은데 옆구리의 상처는 뜨거운 쇠 젓가락으로 후비는 것 같았다.

"으윽……."

까칠한 입술 사이로 신음 소리가 저절로 흘러나왔다.

"아프냐?"

"……!"

그런데 갑자기 굵직한 목소리가 조용히 들려서 반옥정은 움찔 놀라 상체를 급히 일으켰다.

"흐으……."

턱!

그러나 상체를 일으키려는데 누군가의 손이 그녀의 가슴을 지그시 눌러서 일어나지 못하게 했다.

"움직이지 마라."

"주군……."

반옥정은 심장이 멎을 것처럼 놀라서 눈을 동그랗게 뜨고 몸이 통나무처럼 딱딱하게 경직되었다.

'나를 버린 게 아니었어…….'

싸구려 감정 같은 것은 아주 오래전 아버지에게 버림받았을 때 마희단 수레에 실려 가면서 그 아래 길바닥에 버린 줄 알았었는데, 그게 죽어버린 고목에 새싹을 틔우듯이 오롯하게 고개를 들었다.

삭삭…….

반옥정은 화용군이 자신의 옆구리 상처를 치료하고 있다는 것을 깨달았다.

삭삭…….

그가 그녀의 옆구리를 치료하느라 고개를 숙이고 정성 어린 표정을 짓고 있는 모습이 그녀의 동공 속으로 아프게 빨려들어왔다.

"아플 것이다."

그가 치료에 열중하면서 말했다.

"네."

"혼혈을 눌러주랴?"

"견뎌보겠습니다."

"견디기 힘들면 말해라."

"네."

반옥정은 치료가 아무리 고통스러워도 견딜 수 있을 것이라고 생각했다.

지금 이게 꿈이라면 화용군이 혼혈을 제압하는 순간 꿈이 깨져 버릴 것만 같았다.

이게 현실이라면 그가 치료를 한 후에 다시 사라져 버릴지도 모른다는 생각이 들었다.

그녀는 주군이 자신을 버리지 않았다는 감동을 받더니 예전의 대범함마저도 사라졌나 보다.

"가버린 줄 알았습니다."

"약을 구하러 갔었다."

"돌아오실 줄 몰랐습니다."

반옥정의 목소리가 투정을 부리는 아이 같았다.

슥슥—

"나는 네가 나를 업고 죽을 고비를 넘기면서 태산 깊숙이까지 들어왔을 줄은 꿈에도 몰랐다."

"……."

"그러니까 피장파장이다."

사실 반옥정은 백학검사 무리에 추격을 당하면서 태산으로 들어왔었다.

태산은 워낙 드넓고 험준하므로 숨을 곳이 많아서 추격하는 자들을 따돌리기 수월하다.

제남은 태산하고 매우 가깝다. 정확히 설명하자면 태산이 있는 태기산맥(泰沂山脈)의 북서쪽 기슭에 위치하고 있다. 태

기산맥이란 서쪽에 태산, 동쪽에 기산이 있기 때문에 지어진
이름이다.

　방금 화용군의 말은 두 가지 의미를 내포하고 있다. '너는
나를 구하려고 목숨을 걸었으며 그래서 이 지경에 처했는데
나도 그래야 하지 않겠느냐' 라는 것과, '태산 깊숙이 들어왔
기 때문에 약을 구하러 너무 멀리 다녀오느라 시간이 오래 걸
렸다' 라고 해명하는 것이다.

　"피장파장은 아닙니다."

　"뭐가 말이냐?"

　"속하는 주군을 위해서 마땅히 목숨을 걸고 호위해야 하지
만 주군은 수하를 위해서 그럴 필요가 없습니다."

　그녀는 숨을 쉬기조차도 힘겨운 상황에 지나치게 많은 말
을 하고 있다.

　"어째서?"

　"주군과 수하의 목숨을 비교할 수 없기 때문입니다."

　"내 목숨은 귀한데 네 목숨은 그렇지 않다는 것이냐?"

　"그렇습니다."

　"헛소리하지 마라."

　슥—

　반옥정의 옆구리 치료를 끝낸 화용군은 이번에는 허벅지
를 치료하기 위해서 그녀의 몸 아래쪽으로 내려가서 두 다리

를 천천히 넓게 벌리면서 중얼거렸다.

"치료를 하느라 옷을 벗겼다."

"……."

순간 반옥정은 온몸에 차디찬 물이 끼얹어진 것 같은 느낌을 받았다.

그렇다면 그녀는 현재 알몸이거나 속곳만 겨우 입고 있다는 뜻이다.

그가 함부로 옷을 벗겼다는 사실에 불끈 화가 치밀었다가 다음에는 수치심이 확 엄습했다.

그렇지만 자신이 중상을 입고 죽어가는 상태였다는 것에 생각이 미치자 치료를 위해서는 그럴 수밖에 없었을 것이라고 애써 이해가 됐다.

화용군도 중상을 입고 치료를 받을 때 알몸으로 누워 있었으며 심지어 대소변까지 받아냈었다.

하지만 머리로 하는 이해와 가슴이 느끼는 수치심은 다른 것이다.

그녀는 상체를 일으키려고 몸에 힘을 주며 버둥거렸다. 뭘 어떻게 하겠다는 것이 아니라 자신이 어떤 상황인지 확인하려는 것이다.

그렇지만 아무리 애를 써도 머리와 목만 까딱거릴 뿐 꼼짝도 하지 않았다.

아까 상체를 일으키려고 했을 때에도 이랬었으나 화용군은 그녀가 일어나려는 줄 알고 손을 뻗어서 그녀의 가슴을 지그시 눌렀었다.

슥—

"가만히 있어라."

그런데 지금도 그는 아까처럼 똑같이 손을 뻗어서 그녀의 가슴을 눌렀다.

그녀에게 상체를 일으킬 만한 기력이 없다는 사실을 모르기 때문이다.

"……"

처음에는 경황 중이라서 몰랐었으나 이번에는 그녀의 눈에 똑똑히 보였다.

자신의 풍만한 두 개의 젖가슴 위에 솥뚜껑처럼 커다란 손이 턱 얹혀 있는 모습은 고개를 들지 않고서도 너무나 잘 보였다.

특히 손가락 사이로 마치 한 알의 잘 익은 앵두처럼 비집고 나와 가늘게 흔들리고 있는 연분홍 유두의 모습은 애처롭기까지 했다.

이곳은 그녀가 화용군을 업고 들어와서 혼절했었던 토굴이 아니다.

그곳은 치료를 하거나 당분간 지내기가 여러모로 불편해

서 화용군이 근처의 새로운 암굴을 찾아내서 그녀를 이곳으로 옮긴 것이다.

제 한 몸도 제대로 건사하지 못하는 그가 그녀를 끌고 여기까지 옮겨오는 데 얼마나 힘이 들었을지는 짐작조차도 할 수가 없을 터이다.

"음, 지독하군."

화용군은 한손으로는 그녀의 가슴을 누른 채 다른 손으로 그녀의 허벅지 깊숙한 안쪽의 검에 찔린 상처를 들여다보면서 눈살을 찌푸렸다.

화용군은 고개를 들고 미간을 좁힌 채 반옥정을 쳐다보며 중얼거렸다.

"상처가 썩고 있다."

그러다가 그는 자신이 그녀의 젖가슴을 누르고 있는 것을 발견하고 얼른 손을 뗐다.

"나는 의술에 대해서 전혀 모른다. 마을 의원에서 약을 구하면서 어떻게 치료해야 하는지 일각에 걸쳐서 배운 것이 전부다."

그는 돈이 없어서 외상으로 약을 구했다. 마을에 하나뿐인 의원이 자비심이 없었다면 아픈 몸을 이끌고 다른 마을로 갔을 뻔했다.

걷는 것조차 힘겨운 그로서는 힘으로 약을 강탈할 수도 없는 형편이었다.

조금 전부터 그가 사타구니 깊은 곳을 열심히 들여다보고 있을 때 반옥정은 자신이 속곳을 입고 있는지 아닌지에 대해서 몹시 궁금하게 여기며 속이 탔으나 이젠 그러지 않아도 될 것 같았다.

상처가 썩어서 고름이 흐르는 지경인데 속곳 따위나 걱정하는 것은 사치다.

지금 그녀는 속곳이 아니라 죽느냐 사느냐의 기로에 서 있는 것이다.

가슴에 젖 가리개를 하지 않은 것을 보면 하체에도 속곳을 입지 않은 듯하다. 하지만 무에 어떠랴. 죽으면 썩어질 몸이 아닌가.

그녀는 지금 한 가닥 삶의 희망을 의술이라고는 전혀 모르는 화용군에게 맡겨야만 하는 상황이다.

"너를 업고 마을까지 갈 수는 없었다."

진심으로 미안한 듯한 그의 말을 듣고 반옥정은 비로소 그가 성치 않은 몸을 이끌고 약을 구하러 마을까지 갔다 왔다는 사실을 새삼스럽게 깨달았다.

그 중요한 사실을 이제야 깨닫다니 아무래도 그녀는 제정신이 아니었나 보다.

원래 화용군은 지금의 반옥정보다 훨씬 더 심한 증상을 입었었다.

물론 며칠 동안 치료를 받기는 했지만 그렇다고 해서 눈에 띄게 회복되지는 않았을 것이다.

반옥정은 또 한 가지 사실을 깨닫고 멍해졌다. 그녀가 화용군을 업고 들어온 이곳 태산의 심처에서 가장 가까운 마을까지는 아무리 가까워도 최소 삼십 리 이상의 먼 거리라는 것이다.

더구나 험준한 산길로 말이다. 태산은 천하에서도 알아주는 험산, 아니, 악산(惡山)이다. 그런데 그 먼 산길을 약을 구하러 화용군이 다녀온 것이다.

그러다가 산속 어디에선가 정신을 잃고 쓰러져서 죽기라도 했으면 어쩔 뻔했는가.

'대체 어쩌자고……'

반옥정은 폐부 깊은 곳에서 뜨거운 무엇이 울컥 솟구쳐 오르는 것을 느꼈다.

화용군은 대체 어쩌자고 그녀에게 이런 큰 은혜를 베풀고 있다는 말인가.

그녀는 이날까지 살아오면서 누군가에게 이처럼 큰 은혜와 깊은 감동을 받았던 적이 한 번도 없었다.

그래서 이런 상황에 처했을 때 어떤 감정 상태가 되는지 경험이 전혀 없다.

지금 그녀의 가슴을 떨게 만들고 있는 것은 전부 최초의 경험이다.

"고름을 짜야겠다."

그녀는 자신의 허벅지 쪽에서 화용군이 중얼거리는 소리를 들었다.

그리고 그의 두 손이 그녀의 상처를 더듬었다. 상처는 그녀의 옥문에서 오른쪽으로 두 치쯤 떨어진 오른쪽 허벅지 안쪽이다.

그가 두 손에 힘을 주어 썩고 있는 상처의 고름을 짜기 시작하자 그녀는 허벅지가 떨어져 나갈 것 같은, 아니, 등골을 저미는 듯한 극심한 고통을 느꼈다.

그러나 비명은커녕 신음 소리조차 뱉을 수가 없어서 어금니를 악물었다.

비명을 지를 힘도 없지만 화용군이 얼마나 힘겨워할 것인지를 알기에 그러지 못하는 것이다.

반옥정은 자신의 벌어진 사타구니에서 화용군이 끙끙 앓는 소리를 내는 것을 들으며 표현할 수 없는 복잡한 심정에 사로잡혔다.

고름을 힘껏 짜내야 하는데 두 손에 힘을 줄 수가 없어서 그러는 것 같았다.

"⋯⋯!"

그런데 그때 그녀는 뭔가 뜨거운 것이 상처를 덮는 것을 느끼고 움찔 놀랐다. 그러더니 상처가 아프면서도 시원해지기 시작했다.

"쭈우욱… 쭉! 쭉!"

한 순간 그녀는 어떤 사실을 깨닫고 해연이 놀랐다. 화용군이 상처에 입을 대고 고름을 빨아내고 있는 것이다.

그러기 위해서 그는 비단 그녀의 두 다리를 벌렸을 뿐만 아니라 더욱 위로 들어 올려 자신의 양 어깨에 걸치는 자세를 취했다.

상처는 그녀의 옥문에서 두 치밖에 떨어져 있지 않아서 그의 이런 행동은 상처를 빠는 것인지 옥문을 빠는 것인지 모를 상황이 돼버렸다.

"음……."

허벅지를 치료하는 중에 고통 때문에 혼절했었던 반옥정은 정신을 차렸다.

몇 번 눈을 깜빡거렸으나 지독하게 캄캄해서 아무것도 보이지 않았다.

그렇지만 아랫도리가 묵직한 것이 느껴졌다. 어떤 상황인지 알 수가 없지만 아마도 화용군이 그녀의 사타구니에 엎어져 있는 것 같았다.

그런데 어느 정도 시간이 흘렀는데도 화용군이 꼼짝도 하지 않아서 그녀는 몹시 불안해졌다.

그녀나 화용군 둘 다 극심한 중상을 입은 상태라서 지금 당장 숨을 거둔다고 해도 전혀 이상한 일이 아니다.

그로부터 반각의 시간이 흘렀는데도 화용군은 여전히 움직이지 않았고 어떠한 기적조차도 없다.

만약 숨을 쉬고 있다면 숨소리가 들릴 테고 아니면 그녀의 하체에 따스한 숨결 같은 것이라도 느껴질 텐데 그마저도 전무하다.

'안 돼… 죽으면 안 돼…….'

그녀는 오른손을 들어 올리려고 온힘을 기울이면서 마음속으로 처절하게 절규했다.

자신의 몸뚱이에 붙어 있는 팔 하나를 들어 올리는 것이 마치 태산을 들어 올리는 것처럼 힘겨웠다.

"흐으으…….."

악다문 어금니 사이로 진득한 고통이 더덕더덕 묻은 신음 소리가 저절로 새어 나왔다.

턱—

그리고는 마침내 그녀의 손이 화용군의 머리에 얹혀졌다.

"하아아… 하아…….."

그녀는 너무 괴로워서 이대로 죽을 것만 같았다. 하지만 죽을 수가 없다는 절박함이 엄습했다.

얼마 전 같으면 죽음 따윈 초연하게 맞이했겠으나 지금은
다르다.

지금은 살아야 할 뚜렷한 명분이 생겼다. 주군을 놔두고 죽
을 수는 없다.

그러나 그녀는 곧 숨이 끊어질 것처럼 헐떡이다가 그대로
혼절해 버렸다.

신기한 일이다. 그녀는 혼절에서 깨어나 정신을 차리자마
자 화용군의 안위가 걱정됐다.

원래 혼절에서 깨어나면 무의식 상태에서 의식으로 돌아
오는 과정을 거치게 마련인데, 그녀는 마치 무의식 상태 내내
화용군을 생각하고 있었던 것처럼 의식을 찾기도 전에 그를
걱정했다.

그녀의 오른손은 혼절하기 전에 힘겹게 올려놓았던 화용
군의 뒷머리에 그대로 있었다.

그녀는 자신이 언제 또다시 혼절하게 될지 초조한 심정으
로 아주 천천히 화용군의 머리와 얼굴을 더듬었다.

그녀의 손끝에 화용군의 입술이 만져졌다. 그의 입술은 그
녀의 허벅지 상처에 닿아 있었다.

그렇지만 그의 입이 커서가 아니라 옥문과 상처 사이가 가

까웠던 터라서 그의 입은 상처와 옥문을 한꺼번에 누르고 있었다.

들어 올렸던 그녀의 두 다리는 지금 그의 양쪽 어깨에 얹혀 있었다.

반옥정은 왈칵 뜨거운 눈물이 솟구쳤다. 태어나서 지금까지 살아오는 동안 그녀는 지금처럼 감동했던 적이 단연코 한 번도 없었다.

세상의 어느 누가 저 자신도 죽어가는 마당에 썩어서 고름이 질질 흐르는 그녀의 상처를 혼신의 힘을 다해서 빨다가 혼절하겠는가. 살신성인의 마음이 없고서는 절대로 그럴 수가 없다.

반옥정은 부디 자신과 화용군이 죽지 않게 되기를 간절하게 원했다.

그래야지만 자신이 죽을 때까지 그에게 충성하고 헌신할 수 있을 것이기 때문이다.

'죽지 말아요…….'

그녀는 화용군의 뺨을 어루만지면서 주문을 외우듯이 속으로 되풀이해서 중얼거렸다.

그러나 잔인한 현실은 중얼거리는 사이에 그녀를 혼절의 늪으로 밀어 넣었다.

반옥정은 아주 편안하게 잠을 잘 잔 것 같은 기분을 느끼면서 정신을 차렸다.

'아…….'

깨어난 그녀가 제일 먼저 느낀 것은 매우 포근하고도 평안하다는 느낌이다.

평생 이렇게 좋은 기분은 한 번도 느낀 적이 없었다. 그녀를 팔았던 아버지도, 낳아준 어머니도 그녀를 이렇게 편안하게 해준 적은 없었다.

눈을 떴는데 아무것도 보이지 않고 캄캄했다. 하지만 푹신한 이불을 덮고 있다는 사실을 느낄 수 있었다.

그리고 더 중요한 것이 그녀를 기다리고 있었다. 그녀는 누군가의 품에 포근하게 안겨 있었다. 길게 생각해 보지 않아도 그가 화용군이라는 사실을 알 수 있었다. 그녀는 화용군에게 안겨서 잠을 자고 있었던 것이다.

지금이 어떤 상황이고 이곳이 어디인지는 모르지만 한 가지 그녀가 화용군에게 안겨 있다는 사실만은 분명했다.

그때 그녀는 또 한 가지 사실을 깨달았다. 화용군에게서 그녀에게로 부드럽고도 따스한 기운이 유유히 흐르는 강물처럼 유입되고 있었다.

그녀는 지금껏 누군가로부터 진기를 주입받은 적이 한 번도 없어서 그 느낌에 대해서는 모르지만, 이것은 화용군이 그녀를 안은 채 진기를 주입하고 있는 것이 분명했다.

화용군은 비단 죽지 않았을 뿐만 아니라 그녀에게 진기를 주입해 줄 정도로 회복했다.

그 사실이 그녀는 숨이 멎을 것처럼 기뻤다. 그녀 자신이 회복된 것보다 더 기뻤다.

그녀는 옆으로 누워 있으며 화용군을 마주 보면서 그의 넓은 품 안에 몸 전체가 감싸여 있었다.

그리고 그의 강한 두 팔이 그녀를 굳건하게 끌어안은 상태다. 그녀는 자신이 마치 온전히 그의 여자가 된 것 같은 느낌을 받았다.

"아……."

너무 감격하고 기쁜 나머지 그녀는 자신도 모르게 나직한 탄성을 흘렸다.

그러자 그녀의 온몸으로 주입되던 진기가 뚝 멈추더니 잠시 후 화용군의 부드러운 목소리가 들렸다.

"깼느냐?"

"……."

그렇지만 그녀는 목이 메어서 대답을 할 수가 없었다.

"네가 추울 것 같아서……."

그는 지금 두 사람이 취하고 있는 민망한 자세에 대해서 궁색한 변명을 하다가 말끝을 흐렸다.

그녀가 추울 것 같아서 마주 보고 누워서 그녀를 꼭 안아주고 있었다는 것이다.

그때 조금도 예상하지 못했던 일이 그녀에게 일어났다. 갑자기 뜨거운 눈물이 왈칵 쏟아진 것이다.

화용군은 가슴이 축축해지는 것을 느끼고 그녀가 운다는 것을 알았다.

그는 안고 있는 손으로 그녀의 등을 말없이 쓰다듬었다. 그 행동은 백 마디 그 어떤 말보다도 따스하게 그녀의 온몸과 마음으로 스며들었다.

부스럭……

화용군이 그녀의 몸을 놓아주며 몸을 일으켰다.

그제야 그녀는 자신의 몸을 덮고 있는 것이 부드러운 마른풀이라는 사실을 깨달았다.

풀을 덮었을 뿐만 아니라 바닥에도 푹신하게 깔아서 바닥의 차가움이 전혀 느껴지지 않았다.

그녀는 화용군이 밖에 나가서 마른풀을 일일이 뜯어서 가져왔을 것이라는 생각을 하자 뭐라고 표현할 수 없을 만큼 고마웠다.

"한번 움직여 봐라."

화용군은 앉아서 그녀를 굽어보며 말했다.

반옥정은 천천히 상체를 일으켜 보았다.

"음……."

전에는 꼼짝도 못했었는데 지금은 고개가 들려지고 두 팔 꿈치로 바닥을 지탱할 수도 있다.

하지만 혼자 힘으로 일어나 앉는 것은 무리다. 화용군에게 자신이 끄떡없다는 것을 보여주고 싶어서라도 일어나 보려는 데 뜻대로 되지 않았다.

"내가 일으켜 주마."

슥—

그가 조심스러운 동작으로 그녀를 일으켜서 앉혀주었다.

반옥정은 자신이 나신이라는 사실을 알고 순간적으로 몸을 움츠렸다.

"아……."

슥—

"수시로 치료를 하느라 번거로워서 벗겨두었다."

화용군은 한쪽에 놓여 있는 꾸러미를 풀더니 허름한 상의 하나를 꺼내 상체에 걸쳐 주고는 그녀가 입기 편하도록 도와주려는 자세를 취했다.

그녀는 상의를 입느라 양쪽 소매에 두 팔을 끼는 것도 어렵지만 치료를 하게 되면 다시 벗어야 한다는 생각에 조그만 소리로 중얼거렸다.

"괜찮습니다."

그의 품과 마른풀에서 벗어나니까 조금 추운 것 같아서 상의를 그냥 걸치고만 있을 생각이다.

"운공을 해봐라."

화용군이 그녀를 일으킨 목적은 운공조식을 시키려는 것이었다.

일반적인 방법으로 상처를 치료하는 것도 중요하지만 그보다 더 중요한 것이 스스로 운공조식을 하여 상처를 치료하는 것이다.

그게 외부에서 하는 치료보다 몇 배 더 좋은 효과를 가져올 것이기 때문이다.

화용군의 말에 반옥정은 그를 물끄러미 응시했다.

아까는 캄캄했으나 이제는 어둠이 조금 눈에 익어서 그의 모습이 어렴풋이 보였다.

"괜찮으십니까?"

그녀의 물음에 가볍게 고개를 끄떡이는 그의 모습이 보였다.

"나아진 것 같다."

"얼마나 지났습니까?"

"네가 마지막으로 혼절한 후 닷새쯤 지났다."

"닷새……."

반옥정은 적이 놀랐다. 하지만 닷새가 지났다면 이 모든 변화를 충분히 납득할 수 있는 시일이다.

화용군은 그녀가 마지막으로 혼절하기 전보다 많이 좋아진 모습이다.

줄기차게 운공조식만 해서 지금처럼 좋아졌다고는 믿기 힘들지만, 어쨌든 닷새라는 시일이 그에게 큰 도움이 된 것만은 사실일 것이다.

"약이 다 떨어져서 약을 구하러 마을에 한 번 더 다녀왔다."

그는 말하면서 조금 전에 풀었던 꾸러미를 가리켰다. 마을에 갔다가 꾸러미에 든 물건들도 구해 왔다는 뜻이다.

반옥정은 처음에는 화용군이 진기를 주입해 주는 것으로 어렵게 운공조식을 시작했으나 두 차례 하고 나서는 혼자 힘으로 할 수 있게 되었다.

그렇게 운공조식을 다섯 차례 하고 나니까 심신이 한결 좋아져서 조금씩 움직일 수도 있었다.

부스럭…….

"이거 먹자."

화용군이 꾸러미에서 종이 뭉치를 꺼내 두 사람 사이에 놓고 풀었다.

거기에는 호두알 크기의 벽곡단(辟穀丹)이 십여 개 놓여 있는데 구수한 냄새가 풍겼다.

탁!

화용군은 호로병 하나를 옆에 세워놓았다. 찰랑거리는 것으로 미루어 술이나 물이 들어 있는 것 같았다.

슥—

화용군은 벽곡단 하나를 집어 반옥정에게 내밀었다. 그녀가 받자 또 하나를 집어 자신의 입에 넣고 우물우물 씹다가 호로병을 열고 그 안의 액체를 들이켰다. 주향이 풍기지 않는 것으로 봐서 물인 것 같았다.

반옥정은 그가 약이나 벽곡단 같은 것들을 어디에서 구했는지 적잖이 궁금했다.

중상을 입고 침상에 알몸으로 혼절해 있던 그에게 급히 아무 옷을 입혀서 업고 나왔으니 그 옷에 돈이 들었을 리 만무하다.

그리고 그녀도 돈을 지니고 있지 않았다. 평소에 그녀는 돈을 쓸 일이 있어야지만 사용할 만큼의 돈만을 챙겨서 갖고 나가는 습관이 있다.

그녀뿐만이 아니라 살수들은 돈주머니가 무겁고 성가셔서 지니고 다니지 않는 것이 불문율이다.

"돈이 없었을 텐데……."

평소에 과묵한 반옥정은 혼잣말처럼 중얼거리면서 궁금증을 드러냈다.

"외상을 했다."

"외상이라뇨?"

화용군은 우물우물 씹으면서 대답했다.

"양길촌(良吉村)이라는 마을에 있는 무량원(無量院)인가 하는 의원인데 필요하다고 하니까 약이랑 벽곡단을 외상으로 주더구나."

"네."

반옥정은 화용군이 성치 않은 몸을 이끌고 산을 넘고 골짜기를 건너서 헤매다가 간신히 마을을 찾아내고, 그곳의 의원에게 외상으로 약과 벽곡단을 얻어서 다시 태산으로 돌아오는 모습을 머릿속으로 그려보았다. 어느 것 하나 그녀에게 감동을 주지 않는 게 없다.

그녀는 그가 준 벽곡단 하나를 입에 넣고 씹었다.

향긋하고 구수하며 쌉쌀한 냄새와 맛으로 미루어 봤을 때 송화(松花)가루와 보리, 콩, 대추, 밤을 가루로 만들어서 꿀로 빚은 벽곡단이다. 휴대가 간편해서 살수들에겐 벽곡단이 필수품이다.

그녀로선 수백 번도 더 먹어본 벽곡단인데 지금 먹는 벽곡단은 진수성찬보다 더 맛이 좋았다. 씹으면 씹을수록 고소하고 깊은 맛이 우러 나왔다.

"그런데 아까 잘 때 저에게 진기를 주입하셨습니까?"

"그래."

"주군 체내에 진기도 얼마 없을 텐데 앞으로는 그러지 마십시오."

부탁을 한다는 것이 평소의 버릇처럼 명령조로 내뱉어놓고서 그녀는 적이 당황했다.

화용군이 혹시 화를 내지 않을까 염려했는데 그는 엷은 미소를 지었다.

"염려하지 마라. 운공조식을 하면서 동시에 진기를 주입한 거니까."

"어떻게 누워서 운공조식을 합니까?"

화용군에게는 공손해야 한다고 방금 전에도 스스로를 꾸짖어놓고서 또다시 그런 말도 안 되는 일이 어디에 있느냐는 식으로 면박을 줬다.

"내가 배운 심법은 누워서도 가능하다."

그렇지만 그는 개의치 않았다.

반옥정은 그의 진지한 표정을 보고 거짓말이 아니라고 생각했다.

"무슨 심법입니까?"

"역천심법이다."

"처음 들어보는 심법입니다."

화용군은 두 개째의 벽곡단을 입에 넣은 후에 반옥정에게
도 하나를 더 주었다.

벽곡단은 하나만 먹어도 뱃속에 들어가면 몇 배로 불기 때
문에 한 끼로써 충분하지만 두 사람은 지금껏 줄곧 굶었던 탓
에 두세 개는 먹어야 한다.

"내가 역천맥이라더군."

"역천맥이 뭡니까?"

"역맥이면서 동시에 천맥이라는 거야."

"누가 그럽니까?"

"천보공주라고……."

"압니다."

반옥정은 고개를 끄떡였다.

"동명왕의 장중주이며 천하에 삼선공주(三善公主)라고 명
성이 자자합니다."

"삼선?"

"의선(醫善), 약선(藥善), 학선(學善)의 삼선입니다."

"그렇군."

화용군은 누가 지었는지 천보의 명호를 제대로 지었다고
생각했다.

"그녀가 나를 진맥하고 나서는 내게 꼭 맞는 심법을 만들

어주었다."

"그랬군요."

두 사람은 마치 수 년 동안 알고 지낸 사이처럼 이런저런 대화를 나누면서 벽곡단을 먹었다.

제35장

———

은거(隱居)

　보름 후. 태산 동남쪽 기슭에 위치한 양길촌.

　이백여 호 정도가 모여 살고 있는 아담한 산촌 마을 양길촌
의 한가운데에 곧게 뚫려 있는 거리 한편에 무량원이라는 의
원이 있다.

　척—

　낮에는 항상 열려 있는 무량원 문으로 늘씬하고 후리후리
한 체구의 무사 한 명이 들어섰다.

　더벅머리에 까칠하고 짧은 수염을 기른 무사는 이십 대 중
반에 매우 준수한 용모를 지니고 있다.

사실 그는 가짜 수염을 붙여서 남장으로 변장한 혈검비 반옥정이며 화용군의 명령으로 이틀에 걸쳐서 제남까지 백오십여 리 길을 다녀왔다.

태산 깊은 산중에서 사경을 헤맸던 그녀지만 화용군의 정성 어린 치료와 보살핌 덕분에 소생할 수 있었다. 그리고 이후 이곳 양길촌에 와서 제대로 된 치료를 받으면서 빠른 회복을 보였다.

더벅머리에 키가 크고 강퍅하게 생긴 외모 덕분에 헐렁한 옷을 입고 수염을 붙이자 조금 예뻐 보이기는 하나 어쨌든 사내의 용모가 되었다.

이곳 무량원은 세 채의 건물로 이루어졌다. 전문을 들어서면 먼저 만나게 되는 제일 큰 건물이 진료와 치료를 하는 곳이고, 그다음 두 번째 건물은 입원을 한 환자들이 거주하는 곳이며, 가장 뒤쪽의 작은 건물은 의원 가족이 사는 이른바 안채다.

반옥정은 두 채의 건물을 지나서 맨 뒤의 아담한 단층집으로 성큼성큼 걸어갔다.

그녀는 큼직한 배낭을 지고 있으며 양 어깨에는 쌍검처럼 두 자루의 검을 메고 있다.

척―

그녀는 단층집의 어느 방으로 들어갔다.

실내에는 화용군이 가부좌의 자세로 앉아서 운공조식을 하고 있는 중이다.

그녀는 화용군의 운공조식을 방해할까 봐 문을 조심스럽게 닫고 한쪽에 우두커니 서서 기다렸다.

일각 후 화용군이 눈을 뜨자 그녀는 공손히 허리를 굽혀 인사했다.

"다녀왔습니다."

화용군은 일어나서 창 쪽의 탁자로 걸어갔다.

"앉자."

두 사람은 탁자에 마주 앉았고 반옥정이 제남에 다녀온 일을 보고했다.

"지단주와 야조는 죽었다고 합니다."

그녀가 착잡한 표정으로 말하자 화용군의 얼굴에 괴로움이 가득 떠올랐다.

반옥정의 설명을 듣고 그녀들이 죽었을 것이라고 불길한 추측을 하긴 했지만 막상 현실로 드러나자 가슴이 으깨어지는 것 같다.

"결국 죽었구나……."

화용군의 짓눌린 듯한 중얼거림을 들으면서도 반옥정은 울지 않으려고 어금니를 힘껏 악물었다.

"방방의 말에 의하면 감태정이 중상을 입은 지단주와 야조를 산 채로 제압했다가 그녀들의 몸을 수십 조각으로 찢어발겨서 들개 먹이로 주었다고 합니다."

"으드득!"

화용군은 이빨이 부러질 정도로 세차게 이를 갈았다.

반옥정은 그의 얼굴이 보기 싫게 일그러지면서 두 눈에서 푸르스름한 안광이 폭사되는 것을 보며 괴로운 듯 말을 이었다.

"장원에 있던 사람들은 무사한 것 같습니다."

나운향 가족과 곽림의 처 임청, 딸 곽영(郭英) 등을 말하는 것이다.

감태정은 나운향 등을 장원의 하녀나 숙수로 여겼을 테니까 구태여 죽이지는 않았을 것이라고 짐작은 했었으나, 그녀들이 살아 있는 것을 확인하니 불행 중 다행이다.

"혈명단에 대한 것은 알아보지 못했습니다."

반옥정은 약간 고개를 숙이면서 말했다. 그녀의 얼굴은 한 겹의 철판을 두른 것처럼 무심하면서 차디찼다. 그녀의 표정은 점차 화용군을 닮아가는 것 같다.

사람은 누군가를 존경하거나 좋아하면 그 사람을 닮는다던데 아마 그런 모양이다.

화용군은 혈명단과 백학선우 감태정의 관계에 대해서 이미 반옥정에게 자세히 들어서 잘 알고 있다.

감태정이 대명제관의 백학무숙을 비롯한 다섯 개 무도관을 수료한 생도 중에서 인재를 뽑아 혈명단에 제공해 주고 막대한 돈을 챙겨왔었다는 사실이다.

혈명단은 살인청부만이 아니라 천하의 숱한 분쟁에 수십 명에서 수백 명까지 대전사(용병)를 파견하기도 하는데, 그게 살인청부보다 적게는 몇 배에서 크게는 몇십 배의 수익을 올린다는 것이다.

혈명단은 수천 명의 살수와 대전사들을 보유하고 있으며 하루에도 수십 명 혹은 수백 명씩 죽어 나가고 있다.

천하에서는 수많은 이권과 원한에 의해서 살인청부와 방파나 문파들 간의 분쟁이 끊임없이 일어나기 때문에 살수와 대전사의 공급 부족에 시달리고 있다.

혈명단 제남지단주 무애가 최측근 두 명 야조, 혈검비와 함께 화용군을 위해서 백학무숙과 정면으로 싸우다가 죽음을 당했기 때문에 제남지단은 풍비박산되었을 것이다.

화용군은 무애와 야조가 죽었다는 말을 듣고 나서는 귀에 아무 소리도 들리지 않았다.

그의 속에서 용암 같은 분노가 부글부글 들끓었다. 백학선우 감태정을 갈가리 찢어죽이고 싶은 복수심으로 심장과 머리가 터져 버릴 것만 같았다.

반옥정이 느끼는 분노 또한 화용군보다 더했으면 더했지

부족하지 않다.

하지만 그녀는 꾹꾹 눌러 참으며 어깨에서 검 한 자루를 풀어 탁자에 내려놓고 등에 지고 온 커다란 배낭을 벗어 거기에서 야차도를 꺼내 탁자에 놓았다.

그녀는 화용군이 치료를 받았던 장원에 가서 잘 감춰두었던 야차도를 찾아왔다.

그리고 그의 부탁으로 병기점에 들러서 썩 괜찮은 장검 한 자루도 사 왔다.

슥—

화용군은 칠흑처럼 검은 가죽 안에 들어 있는 야차도를 집어 들어 묵묵히 응시하다가 내려놓았다.

자신으로 인해서 무애와 야조가 죽었다는 사실 때문에 죄책감과 후회의 중압감에서 벗어나기가 어려웠다.

그가 야밤에 혼자서 백학무숙에 잠입했다가 싸움을 벌여서 감태정에게 제압당하지 않았더라면 무애와 야조는 죽지 않았을 것이다.

그 당시에 그는 백학무숙에 잠입하여 감태정을 죽일만한 실력이 충분히 있다고 믿었었다.

하지만 뚜껑을 열고 보니 그게 아니었다. 그의 실력은 정말 형편없었다.

그의 섣부른 자신감과 자신의 실력에 대한 맹목적인 믿음이 무애와 야조를 죽였다.

그리고 자신과 반옥정은 생사를 넘나드는 고생을 했으며, 곽림은 백학무숙에 붙잡혀 갔다.

아니, 그가 생사고비를 넘은 것 따위가 무슨 대수라는 말인가. 아무리 그래도 죽은 사람만 억울한 것이다.

살아 있는 그는 죽은 무애와 야조에게 갚지 못할 대죄를 지은 것이다.

더구나 술에 만취해서 그녀들과 정사까지 했다지 않은가. 반옥정 말에 의하면 그녀들은 순결한 몸이었다고 했다. 즉 순결을 화용군에게 바친 것이다.

"말씀하신 물건들입니다. 그리고 이건……."

반옥정은 화용군이 오랫동안 어금니를 악물면서 아무 말이 없자 배낭을 가리키며 말하고 나서 배낭에서 묵직한 가죽주머니 하나를 꺼내 탁자에 내려놓았다.

퉁—

"태화전장에서 찾아왔습니다. 은자 천 냥입니다."

예전에 단소예는 구주무관의 수익금을 꼬박꼬박 제남 성내의 태화전장에 맡겼었는데, 그 돈에 대한 존관(예금) 증서와 여러 장의 전표, 땅문서 등을 자신의 방 금고에 넣어 보관해 왔었다.

화용군은 그것을 구주무관 죽림 안 땅속에 은밀하게 파묻

어두었는데, 그 장소를 반옥정에게 알려주어 전표 한 장을 꺼내서 약간의 돈을 찾아 필요한 물건을 사 오라고 지시했던 것이다.

스—

화용군은 일어나서 상의를 벗고 야차도를 오른팔에 찬 후에 장검을 어깨에 멨다.

그러고는 등에 지려고 들어 올린 배낭을 반옥정이 붙잡았다.

"이건 속하가 지겠습니다."

화용군은 그녀를 물끄러미 응시했다.

"왜 그러십니까?"

무애와 야조는 처음부터 자신들을 '천첩'이라고 칭했었다. 수하지만 여자이기 때문에 그렇게 하는 거라고 말했었다. 그런데 반옥정은 여전히 자신을 '속하'라고 칭한다.

그런데 결과적으로 무애와 야조는 화용군에게 순결을 바쳤지만 반옥정은 수하로 남아 있다.

그래서 화용군은 과연 '천첩'과 '속하'의 차이가 무엇인가를 생각해 보았다. 그러나 곧 고개를 슬쩍 가로저으며 문 쪽으로 걸음을 옮겼다.

"가자."

반옥정은 배낭을 짊어지고 은자가 잔뜩 담긴 가죽 주머니를 집어 들고는 뒤따랐다.

"돈은 어떻게 합니까?"

"쓸 만큼 제하고 전부 무량선인(無量善人)에게 줘라."

이곳 양길촌에서는 무량원의 의원을 무량선인이라고 부른다는 사실을 화용군과 반옥정은 나중에 알게 되었다.

그의 별호가 무량선인이라면 그에 대한 설명은 그것으로 충분하고도 남을 터이다.

생전 처음 본 화용군에게 치료약과 벽곡단, 필요한 물건을 몇 차례나 외상으로 두 말 없이 내어주다니, 그야말로 자비의 '무량' 이 아니겠는가.

"알겠습니다."

두 사람이 방에서 마당으로 나오는데 저만치 두 번째 건물 모퉁이를 돌아 한 명의 서생 차림의 청년이 이쪽으로 오다가 두 사람을 발견했다.

"어딜 가는 겐가?"

아담한 키에 이십 대 후반의 서생은 이곳 무량원의 의원인 무량선인이며 화용군을 두 번째 봤을 때부터 친구처럼 '하게' 를 했다.

"또 보세."

화용군은 건조한 목소리로 툭 내뱉고는 무량선인을 스쳐 지나갔다.

"이봐, 자네 아직 성한 몸이 아니니까 치료와 정양을 더 해야 한다네. 그리고 그쪽 처자도 마찬가지요."

화용군이 보름 전에 반옥정을 데리고 세 번째 찾아왔을 때 무량선인은 치료비를 받지 못할 것을 알면서도 두 사람을 정성껏 치료해 주었다.

철렁!

"어엇?"

반옥정은 아무 말도 하지 않고 무량선인 가슴에 돈주머니를 안기고 지나쳐 걸어갔다.

새파랗게 젊은 사람이면서도 반 뼘 길이의 검은 수염을 기른 곱상한 용모의 무량선인은 어리둥절한 표정으로 돈주머니를 열었다가 안에 은자가 가득 들어 있는 것을 보고 소스라치게 놀랐다.

"허엇?"

그는 건물 모퉁이를 돌아가고 있는 화용군을 쳐다보며 놀라서 물었다.

"풍객(風客)! 이게 뭔가?"

그는 화용군이 바람처럼 나타났다가 사라진다고 해서 '풍객'이라 불렀다.

"밀린 외상값이오."

화용군은 말없이 모퉁이를 돌아가고 반옥정이 뒤돌아보지

않은 채 말하고는 곧 모습이 사라졌다.

"허어… 이렇게 큰돈을……."

그는 이제는 보이지 않는 화용군 쪽을 보면서 웃으며 큰 소리로 외쳤다.

"하하하! 이봐 풍객! 자네라면 언제라도 외상 환영이야!"

그는 돈주머니를 품에 안고 조금 전에 화용군과 반옥정이 나온 집으로 걸어가며 희희낙락했다.

"아이고… 이 돈이면 약재상에 밀린 외상값 한꺼번에 싹 갚고도 남겠구먼그래. 여보! 내가 뭘 갖고 있는지 어서 나와 보시오!"

                    *   *   *

이 년 후 오대산(五臺山). 사방 수백 리가 끝없이 산으로만 이어진 첩첩산중이다.

만리장성 너머에는 태초 이래로 사람의 발길이 한 번도 미치지 않았던 원시림 지역이 수두룩하다.

그곳 심처에 이 년 전부터 한 쌍의 남녀가 들어와서 통나무 집을 짓고 살고 있다.

그렇지만 두 사람은 부부가 아니라 주종관계다. 또한 그들은 그저 살기 위해서 이곳에 들어온 것이 아니라 무술연마를 하기 위해서 은둔했다.

한 폭의 산수화 속에서나 나옴직한 폭포 아래의 아담한 소(沼) 옆에 한 채의 통나무집이 있고 그곳에 화용군과 반옥정 두 사람이 살고 있다.

젊은 남녀가 한 집에서 살고 있지만 이들은 일체 애정 행각을 벌이지 않았다.

이들이 하는 일은 새벽에 해가 뜨기 전부터 하루 종일 죽어라고 무술수련만을 하는 것뿐이다.

먹고 자는 시간 외에 모든 시간을 오로지 무술수련에만 쏟아붓고 있다.

이들은 이 년 전 이 산으로 들어올 때 생활에 가장 기초적으로 필요한 물건 몇 가지만 지니고 왔었다. 예를 들면 부상을 당했을 때 치료할 금창약과 불을 일으키는 부싯돌, 간단한 이불, 옷, 솥단지. 그릇 몇 개 정도다.

곡식은 이곳에서 여러 개의 산을 넘어 가장 가까운 칠십여 리 떨어진 산촌 마을에서 구해 온다.

두 사람이 한 번 곡식을 가져오면 족히 반년 이상 먹는다. 곡식만 먹는 게 아니라 사냥을 해서 산짐승과 물고기를 잡아먹고 산열매와 각종 버섯, 약초, 산나물 따위를 채집해서 식량으로 사용한다.

사냥을 하고 물고기를 잡는 것도 무술수련의 연장이다. 호

랑이나 표범, 곰, 늑대를 상대할 때에는 그것들을 적이라 여기고 그동안 배운 초식들을 활용한다.

타닥탁…….

통나무집 안 한복판에 위치한 커다란 화덕에서 모닥불이 기세 좋게 타고 있다.

촤아아…….

화덕에서 멀지 않은 곳에는 나무로 만든 큼직한 목욕통이 있으며, 그 안에 화용군이 벌거벗은 채 앉아 있는데 반옥정이 그의 몸을 씻겨주고 있다.

이곳에 들어온 이후 여름에는 씻지 않지만 봄, 가을에는 한 달에 한 번, 그리고 겨울에는 열흘에 한 번 정도 뜨거운 물을 끓여서 통나무집 안 목욕통에서 목욕을 해왔었다.

귀찮은 일이지만 씻지 않고 살 수는 없다. 하루 종일 실성한 사람처럼 무술수련을 하다 보면 온몸이 땀에 흠뻑 젖게 마련인데, 사나흘만 목욕을 하지 않으면 몸에서 퀴퀴한 쉰내가 나서 견딜 수가 없다.

"일어나십시오."

반옥정의 말에 덥수룩한 수염투성이 화용군이 몸을 일으켜서 목욕통 가장자리에 걸터앉았고 이어서 그녀는 그의 배와 등허리, 하체를 씻기 시작했다.

그가 다리를 넓게 벌리자 그녀는 능숙하게 사타구니와 음경까지 정성껏 닦아주었다.

이곳에 와서 반옥정이 나무로 목욕통을 만들어서 처음 목욕을 했을 때는 이런 상황이 아니었다.

처음에는 통나무집 안 구석 쪽에 목욕통을 놓고 칸막이까지 쳐놨었다.

그리고 화용군과 반옥정이 시차를 두고 따로 목욕을 했었는데 결과가 좋지 않았다.

그나마 반옥정은 여자라서 꼼꼼하게 씻고 닦았지만 화용군은 대강대강 하는 바람에 목욕을 하고 난 후에도 때가 그대로 남았다.

그래서 퀴퀴한 냄새가 가시지 않았다. 특히 손이 닿지 않는 등에는 때가 켜켜이 남아 있었다.

그래서 그때부터 반옥정이 그를 씻겨주기 시작했으며 그러는 데에는 아무런 문제도 없었다.

그의 똥오줌까지 받아낸 그녀인데 알몸을 씻기는 것쯤은 대수로운 일도 아니었다.

더구나 그녀는 자신이 화용군의 수하이자 종이라고 인정하기 때문에 목욕은 물론이고 그보다 더한 일도 서슴없이 해야 한다고 생각했다.

사삭… 삭……

이십 세 화용군의 몸은 이제 완연한 청년이다. 이 년 전에 비해서 키가 한 뼘쯤 더 자랐으며 어깨와 가슴이 더 넓고 단단해졌다.

언제나 목욕을 할 때면 이런 일이 벌어지지만 오늘도 어김없이 반옥정의 손길이 닿는 순간부터 그의 음경은 점점 커지기 시작해서 그녀의 손이 하체에 닿을 때면 그 절정에 이르게 된다.

하지만 화용군은 지그시 눈을 감은 채 짐짓 모른 체하고 있으며 반옥정은 살짝 얼굴을 붉히면서도 묵묵히 제 할 일을 한다.

그렇다고 해서 온몸을 다 씻겨주면서 중요 부위만 빼놓을 수는 없지 않은가.

화용군은 반옥정을 여자로서 사랑하지 않지만 그녀의 손이 온몸을 쓰다듬고 문지르면 뜨거운 젊은 피가 정직하게 반응을 하는 것이다.

그의 몸을 닦고 또 음경을 만지고 쓰다듬으면서 반옥정이 어떤 느낌인지는 중요하지 않다. 화용군은 제 한 몸 지키는 것조차도 벅차기 때문이다.

만약 그가 욕정을 견디지 못하고 손을 뻗었다면 반옥정은 저항 없이 그의 요구에 응했을 테지만, 여태껏 그는 한 번도 그녀를 원하지 않았다.

화용군은 반옥정의 사타구니 썩은 상처까지 입으로 빨아 댔었지만 그녀를 씻겨주지는 않는다.

그는 자기만 씻고는 화덕가에 앉아서 몸을 말리고 옷을 입은 후에 운공조식을 한다.

그러면 화용군이 씻고 난 물에 목욕을 마친 반옥정이 저녁 식사를 차려서 둘이 마주 앉아 식사를 한다.

"내일 최종 점검을 해보자."

식사를 하면서 화용군이 조용히 말했다.

반옥정은 고개를 들고 그를 바라보았다. 그녀는 최종 점검이 무슨 뜻인지 즉시 알아차렸다.

지난 이 년 동안 배운 무술을 최종적으로 점검하자는 뜻이다. 그래서 만족할 수준에 이르렀다고 생각하면 하산하게 될 것이다. 그녀는 그렇게 알아들었다.

"네."

반옥정은 공손히 대답을 하면서 고기와 버섯을 함께 볶은 요리를 떠서 화용군의 밥그릇에 올려주었다.

그녀는 지난 세월 동안 자신이 여자라는 사실을 잊고 살아 왔었으나 화용군을 만나고 나서 그와 함께 생활하게 된 이후에는 여자의 한 부분을 되찾았다.

때로는 하녀처럼, 그리고 어떨 때는 부인처럼 그를 내조하고 보필해야 하기 때문이다.

　통나무집 안에는 크게 구분하여 딱 세 가지가 있다. 목욕통과 화덕, 그리고 나무로 만든 침상이다. 그것들은 생활에 필요한 가장 기초적인 물건들이다.

　원래 처음에 침상은 두 개를 만들었는데 이곳에 처음 들어온 첫해 겨울이 워낙 추워서 두 사람은 한 침상에서 한 이불을 덮고 둘이 꼭 부둥켜안고 한겨울을 났었다.

　태산 깊은 산속의 암동 속에서 짚더미를 깔고 덮은 채 서로 안고 자면서 추위를 이겼던 경험이 있기 때문이다.

　몸에 뜨거운 피가 펄펄 끓는 청춘남녀가 한 침상에서 허구한 날 부둥켜안고 자니까 상상도 하지 못할 별별 일이 다 벌어졌었지만, 결론적으로 말하자면 끝내 마지막 선은 넘지 않았다.

　오늘도 화용군은 잠자리에 눕자마자 낮게 코를 골면서 잠에 곯아떨어졌다.

　평소에 불면증이라고는 모르는 반옥정도 잠자리에 누우면 아무리 늦어도 일각 이내에 잠이 드는 편이었으나 오늘은 쉬이 잠이 오지 않았다.

　최종 점검 때문에 그렇다. 내일 최종 점검을 해서 화용군이 흡족하면 그길로 하산하게 될 것이다.

장장 이 년 동안의 지긋지긋한 산 생활을 끝내고 사람들과 문명이 있는 세상으로 돌아가는 것이다.

　　최종 점검은 해보나 마나다. 화용군과 반옥정 자신의 실력은 누구보다도 두 사람이 더 잘 알고 있다.

　　문제는 두 사람의 실력을 화용군이 마음에 들어 하느냐 아니냐는 것이다.

　　마음에 들면 하산할 테고 그렇지 않으면 이곳에서 계속 머물며 피땀 흘리는 무술수련을 더 하게 될 것이다.

　　보통 사람들, 특히 여자라면 이런 깊은 산속에서 짐승처럼 사는 것이 지긋지긋해서라도 하루빨리 청산하고 하산하고 싶은 마음이 굴뚝같을 게다.

　　하지만 반옥정은 그렇지 않다. 이곳 생활이 지겹다는 생각은 한 번도 한 적이 없었으며, 그래서 세상에 나가고 싶다는 간절한 마음 같은 것도 별로 없다.

　　이곳에서 이런 식으로 계속 살라고 하면 못 살 것도 없다는 생각이지만 혼자 살라고 하면 못 살 것 같다.

　　그러니까 혼자서는 못 살고 화용군하고 함께라면 살 수 있을 것 같다는 뜻이다.

　　그녀는 한동안 이리저리 뒤척이다가 어느새 잠이 들었다.

　　촤아아…….

오늘은 최종 점검을 하는 날이다. 통나무집 아래 아담한 소옆에서 화용군과 반옥정이 대결을 벌이고 있다.

쉬잉— 쌩— 쉬아앙—

키유웅— 키킹— 카앙—

괴이한 파공음이 난무하는 가운데 두 사람이 순식간에 붙었다 떨어지기를 반복하면서 공격을 펼치고 있다.

화용군은 검을 사용하지 않고 야차도 하나만 사용하고 있다. 그는 이곳에 은거한 지 오래지 않아서 야차도를 중점적으로 연마했었다.

그의 몸놀림은 이 년 전에 비해서 배 이상 빨라졌으며 야차도의 공격술은 세 배 정도 쾌속해졌다.

뿐만 아니라 공격이 굉장히 변화무쌍하다. 예전에는 어떻게 공격할 것인지 눈에 뻔히 보이면서 무척 빠른 공격이었다면, 지금은 찌르고 베어오는 야차도를 눈으로 보고 있으면서도 어느 방향에서 공격해 와서 몸의 어떤 부위를 어떻게 공격할지 전혀 예상을 할 수 없을 정도다. 그만큼 공격이 다변화됐다는 것이다.

쌔앵—

군더더기 하나 없는 실로 매끄러운 공격이고, 공격이 시작됐나 싶으면 어느새 끝났다.

야차도가 허공을 가르는 파공음은 이미 공격이 끝난 후에

나 허공에 울려 퍼질 정도다.

　이곳에 들어와서 알게 된 사실이지만 이 년 전 그의 실력은 반옥정과 비슷하거나 그녀보다 미미하게 우위를 점하는 수준이었다.

　두 사람이 일대일로 진검대결을 펼쳤을 경우 화용군은 최소한 백 초식이 넘어가야지만 가까스로 반옥정을 이길 수 있었다.

　반옥정은 전형적인 살수다. 아니, 살수였었다. 하지만 이제는 더 이상 살수가 아니기에 살수 수법을 버리고 지난 이 년 동안 새로운 검법을 배웠다.

　그녀가 배운 검법은 화용군이 배우는 무당검법이다. 화용군은 이 년 동안 무당십대검법을 완벽하게 터득했으며 반옥정은 무당십대검법 중에서 세 가지를 배웠다.

　쩌껑―

　야차도와 검이 강하고 짧게 부딪치면서 새파란 불꽃을 피우며 두 사람이 뒤로 물러나는 듯했으나 다시 덮쳐들면서 공격을 펼쳤다.

　두 사람은 상대의 공격을 피하거나 막지 않는 경우가 대부분이며 거의 공격일변도다. 이들은 상대의 공격을 반격으로 대응하고 있다.

　즉, 쾌속함과 쾌속함의 대결이다. 누가 근소한 차이로 더 쾌속하느냐에 따라서 승부가 결정된다. 공격에서 다변은 단지 눈속임일 뿐이다.

슛— 슛—

반옥정은 화용군의 수법에 대해서 가장 잘 알고 있다고 자부하지만 목과 왼쪽 가슴 두 군데를 찰나지간에 야차도에 찔리고 말았다.

야차도가 직접 그녀의 몸을 찌르는 것은 아니고 살짝 옷에 닿기만 한 것이다.

그러나 만약 반옥정이 진짜 적이었다면 여지없이 찔려서 두 번 죽었을 것이라는 사실을 두 사람 다 잘 알고 있다.

한 치의 양보도 없는 일대일 대결, 즉 최종 점검이 시작된 지 한 시진이 지나고 있는 동안 반옥정은 야차도에 열두 번 찔렸고 다섯 번 베었다.

반옥정은 도합 열일곱 번 죽었다. 하지만 그사이에 그녀의 검은 화용군의 옷자락조차 건드리지 못했다.

"사력을 다해라!"

화용군이 두 번 급소를 찌르고 물러나면서 쨍한 목소리로 꾸짖었다.

그의 호통이 아니더라도 반옥정은 지금 최선에 전력을 더해 대결을 벌이고 있다.

그런데도 화용군의 옷자락조차 건드리지 못하자 놀라움을

금치 못했다.

이 년 동안 화용군의 유일한 연습 상대는 반옥정이었다. 그렇기에 그녀는 그의 실력에 대해서 잘 알고 있는데 지금 그가 펼치고 있는 실력은 그녀가 알고 있는 것보다 반 수 이상 고강한 것이다.

그렇다면 지금까지 그는 본 실력을 다 보여주지 않았다는 것이다.

이 년 전에 그는 백 초식을 싸워야지만 반옥정을 간신히 이길 수 있을 정도였으나 지금은 길어야 십 초식 이내에 결판을 내버렸다.

지난 이 년 동안 반옥정이 두 배 이상 고강해졌다는 사실을 감안한다면 화용군의 실력은 대단히 비약적으로 증진된 것이다.

그런데도 반옥정은 약이 오르거나 자신도 기필코 한 번쯤 이겨보려는 승부욕이 생기지 않았다.

반면에 화용군의 아직 드러내지 않은 진짜 실력을 끌어내기 위해서 사력을 다하고 있다.

그녀가 힘을 내면 낼수록 맹공을 퍼부으면 퍼부을수록 화용군의 반격은 더욱 거세졌다.

그렇기 때문에 그녀는 아직도 그가 자신의 본 실력을 최고로 발휘하지 않는다고 생각했다.

키아앙—

과거 화용군이 최고도로 쾌속하게 검법을 전개했을 때 나던 검명보다 더 세찬 검명이 반옥정의 검에서 터졌다.

그녀의 검에서 무당삼대검법의 알짜배기 정수들이 와르르 쏟아져 나왔다.

현재 그녀의 실력은 무당파 장로에 버금간다. 지난 이 년여 동안 매일 코피를 쏟으면서 매진한 결과다.

그렇지만 화용군이 아니었다면 그녀의 발전은 지지부진했을 터이다.

화용군을 따라가려고 부단히 발버둥을 쳤기 때문에 이 년 전보다 두 배 이상 고강해질 수 있었다.

쾌애액!

지금 반옥정의 검에서 발휘되고 있는 것은 무당십대검법 중에 삼절황검의 절초식이다.

이 정도 공격을 막아내려면 무당파 일대제자가 최소한 다섯 명쯤 필요할 터이다.

검의 공격, 즉 검격(劍擊)의 소나기라는 검우(劍雨)가 화용군의 온몸으로 쏟아져 갔다. 소나기라는 것은 막으면 막았지 피할 수 있는 사람은 없다.

슈우—

그런데 기가 막히게도 화용군은 검우 한복판을 뚫으면서

곧장 짓쳐들고 있다. 검우 같은 것은 아예 눈에 보이지도 않는 듯 무모한 행동이다.

하지만 그는 알고 있다. 검우가 자신의 몸에 닿기 전에 야차도를 그녀의 급소에 꽂으면 된다는 사실을 말이다. 즉 검우를 만들어내는 원천을 제압하면 되는 것이다.

파앗!

다음 순간 야차도가 정확하고도 쾌속하게 자신의 명치로 파고들자 반옥정은 검법을 멈추고 즉시 뒤로 물러설 수밖에 없었다.

슷―

다급하게 뒤로 두 걸음 물러났으나 야차도는 그림자처럼 따라와 그녀의 명치에 붙어버렸다. 그 상태에서 그녀는 꼼짝도 할 수가 없다.

이윽고 화용군의 동작이 멈추더니 그녀의 두 걸음 앞에 이르러 천천히 야차도를 거두었다.

"그만 됐다."

그런데 그는 왠지 만족한 얼굴이 아니다. 다른 사람이 본다면 그의 얼굴은 하루 종일 무표정 그 자체지만 반옥정은 무표정한 얼굴에서 미묘한 차이를 읽을 수가 있다.

지금 그는 우울한 표정이다. 아무래도 최종 점검이 마음에 들지 않는 것 같았다.

"하아아… 하아……."

한 시진 동안 잠시도 쉬지 않고 격렬한 대결을 펼쳤던 반옥정은 목이 끊어지고 허파가 터질 지경이 되어 검으로 땅을 짚고 거친 숨을 몰아쉬었다.

똑같이 대결을 벌였으면서도 화용군은 호흡이 약간 거칠어졌을 뿐이지 끄떡도 없는 모습이다.

다만 두 사람 다 입고 있는 옷이 땀에 흠뻑 젖어서 발 아래로 물이 후드득 떨어지고 있다.

화용군은 반옥정이 전력을 다했다는 사실을 잘 알고 있다. 그러나 그는 그녀보다 더 강한 상대와 싸워서 자신의 실력의 최대치를 확인하고 싶었다.

거칠었던 호흡이 가라앉았지만 반옥정은 결과에 대해서 화용군에게 묻지 않고 묵묵히 기다렸다.

한동안 바위처럼 우두커니 서서 뭔가 생각에 잠겨 있던 그는 이윽고 가타부타 말도 없이 소 건너편으로 번쩍 신형을 날렸다.

소의 폭은 십여 장인데 화용군은 아주 가볍게 한 번에 날아서 넘어 반대편 바위에 내려섰다가 그대로 산비탈을 내달려 올라갔다.

반옥정은 그가 어디로 가는지 묻지 않았다. 묻는다고 해서 대답해 줄 그가 아니라는 것을 잘 알고 있기에 즉시 신형을 날려 역시 한 번에 소를 건너 그의 뒤를 따랐다.

　반옥정은 전력을 다해서 화용군을 뒤쫓았으나 소를 출발
한 지 얼마 지나지 않아서 그를 놓쳐 버리고는 어이없는 기분
이 되고 말았다.

　그녀는 또 하나의 사실을 알게 되었다. 전직 살수인 그녀의
경공술은 초일류에 속하기 때문에 경공술만큼은 그에게 뒤처
지지 않는다고 생각했었는데 그게 아니었다.

　그가 지금처럼 작정을 하고 달리면 그녀는 아무리 애를 써
도 그의 그림자조차 볼 수가 없는 것이었다. 그것은 작은 충
격으로 그녀를 흔들었다.

　그녀는 그에 대해서 전부 안다고 생각했었는데 그렇지 않
았다. 이제 보니 모르는 것투성이다.

　우지끈! 쿠쿠쿵! 퍼퍽퍽! 쿠당탕!

　그녀가 멈춰서 그를 찾으려고 두리번거리고 있을 때 한쪽
방향 멀지 않은 곳에서 나무들이 쓰러지는 요란한 소리가 들
려서 그녀는 지체 없이 그쪽으로 쏘아갔다.

　잠시 후에 그녀가 도착한 숲 속에는 놀라운 광경이 펼쳐져
있었다.

　약간 경사진 비탈에 화용군이 오른손에 야차도를 쥐고 우

뚝 서 있는데 그를 중심으로 십오륙 장 이내의 나무들이 죄다 잘라져서 쓰러져 있는 것이다.

반옥정은 조금 놀란 얼굴로 나무들을 둘러보았다. 어떤 나무는 아래가, 또 어떤 것은 중간이나 윗부분이 잘라졌으며 잘린 부위가 매끄러운 것들도 있고 젓가락을 부러뜨리듯이 부서진 것처럼 잘라진 나무들도 있다.

사라라라랑—

화용군의 우측 이십여 장쯤에 서 있는 반옥정은 그가 재차 야차도를 정면을 향해 번개같이 쏘아내는 것을 보고는 놀라서 급히 허공으로 신형을 솟구쳤다.

휘익!

화용군 정면 십오 장 이내의 나무들이 죄다 잘라져서 앞쪽이 탁 트여 있기 때문에 야차도는 십오 장 밖의 나무들을 향해 무서운 속도로 쏘아갔다.

사라라라랑—

야차도가 날아가는 속도는 엄청 빠른데도 야차도 도파 끝의 고리에 묶여 있는 방울 백자명령이 흔들리는 소리가 먼 계곡에서 들리는 바람 소리 같았다.

쩌쩌쩡!

야차도가 십오 장 밖의 아름드리나무에 꽂히더니 그대로 박살을 내고 그 뒤쪽 두 번째 나무와 세 번째 나무로 날아가서 연달아 부숴 버렸다.

첫 번째 나무가 박살 나는 순간 화용군은 오른팔을 슬쩍 흔들어 야차도의 쏘아가는 방향을 약간 조정해서 두 번째와 세 번째 나무를 맞췄다.

나무들이 오차 없이 일렬로 똑바로 서 있지 않는 한 아무리 공력이 높아도 야차도를 한 번 던지는 것으로 몇 그루의 나무를 차례로 박살 낼 수는 없다.

한 그루를 맞추는 순간 야차도에 묶인 천심강사를 미미하게 슬쩍 흔들어 방향을 틀어줌으로써 다음 표적을 정해주는 것이다.

예전에는 단지 표적 하나를 맞추는 것으로 만족했었지만 지금은 마음만 먹으면 한 번 야차도를 던져서 여러 개의 표적을 맞출 수도 있다.

또한 예전 같으면 야차도가 나무를 뚫었겠지만 지금은 아예 나무를 박살 내면서 잘라 버린다.

그만큼 예전에 비해서 야차도에 실린 공력이 무시무시해졌다는 뜻이다.

저 정도 위력의 야차도가 사람 몸에 적중된다면 어떻게 될는지 가히 짐작하고도 남는다. 몸뚱이가 산산이 박살 나서 가루가 될 터이다.

퍽!

야차도는 네 번째 나무를 뚫거나 자르지 않고 거기에 깊숙이 꽂혔다.

힘이 부족해서 그런 게 아니라 화용군이 의도적으로 천심강사를 슬쩍 당기면서 공력을 회수하여 나무에 꽂히도록 한 것이다.

야차도가 네 번째 나무에 꽂히는 순간과 때를 같이하여 화용군은 신형을 날려 왼쪽으로 쏘아가며 오른팔을 가볍게 슬쩍 흔들었다.

지상에서 칠팔 장 높이의 나뭇가지에 올라선 반옥정은 아래를 굽어보면서 크게 놀라고 있다.

화용군이 한쪽 방향으로 빠르게 쏘아가고 있는데 그의 오른쪽에 있는 아름드리나무들이 차례로 그리고 무더기로 베어져서 쓰러지고 있다.

야차도가 한 그루 나무에 깊숙이 꽂혀 있고 십오륙 장 거리의 화용군이 천심강사로 나무들을 훑으면서 쏘아가기 때문이다.

화용군은 바람보다 빠르게 달리고 있으며 그의 달리는 속도에 맞춰서 나무들이 베어져 한꺼번에 쓰러지고 있다.

우드등— 쿠쿵— 우지끈!

저런 식으로 야차도를 한곳에 꽂아서 고정시켜 놓은 상태에서 한 바퀴 원을 그리면서 회전하면 원 내부에 있는 것들은 천심강사에 의해서 모조리 베어지고 만다. 그것이 나무든 사람이든 말이다.

'아······.'

반옥정은 화용군의 모습을 눈으로 좇으면서 감탄을 금치 못했다.

매번 보는 것이지만 볼 때마다 신기하고 또 굉장한 장면이기 때문이다.

그러다가 문득 그녀는 화용군이 벌써 한 바퀴를 거의 다 돌아서 자신이 딛고 있는 나무 쪽으로 쏘아오고 있는 것을 발견하고 급히 신형을 솟구쳤다.

그러나 그녀가 삼 장쯤 날아가서 어느 나무의 꼭대기를 디디려고 하는데 그 나무가 갑자기 밑으로 쑥 꺼졌다.

"앗!"

어느새 화용군이 아래쪽을 지나가면서 그녀가 디디려는 나무를 잘라 버린 것이다.

허공중에서 중심을 잃은 그녀는 주위에서 한꺼번에 무너져 내리는 나무들 속에 파묻혔다.

퉁—

"윽!"

더구나 위쪽에서 쓰러지는 나무 중 한 그루가 그녀의 어깨를 때렸다.

화용군이 야차도를 수련할 때면 주변을 쑥밭으로 만든다
는 사실을 진작부터 잘 알기에 멀찌감치 나무 위로 피했던 것
인데, 그의 솜씨가 너무 장관이라서 정신이 팔렸다가 이 지경
이 되고 말았다.

균형을 잃은 상태에서 나무들 속에 파묻혀서 추락하고 있
는 그녀로서는 어떻게 해볼 재간이 없다.

쿵!

"흑!"

그녀는 나무 더미 속에서 등을 아래로 한 채 바닥에 떨어지
는 순간 등이 쪼개지는 고통을 느꼈다.

그러나 다음 순간 자신을 향해 무섭게 쏟아지고 있는 대여
섯 그루의 거대한 나무들을 뻔히 올려다보면서 피할 엄두를
내지 못했다.

저 나무들에 깔리면 그녀의 몸은 으깨어지고 말 터이다. 당
연히 목숨이 붙어 있을 리가 없다.

그녀는 질끈 눈을 감았다. 찰나를 백으로 쪼갠 순간 그녀의
뇌리로 수많은 광경이 스치고 지나갔다. 그런데 그 광경들이
하나같이 모두 화용군의 모습이다. 그녀의 추억을 장식할 만
한 추억들이 하나같이 화용군하고 지냈던 일뿐이기 때문이
다.

쿠쿠쿵―

다음 순간 지축을 울리는 육중한 소리가 그녀의 몸 위에서 들렸다.

반옥정은 방금 들린 굉장한 소리와 함께 자신이 죽었을 것이라는 생각이 들었다.

"으으… 정아, 괜찮으냐?"

질끈 감고 있는 두 눈 위쪽에서 화용군의 목소리가 들렸다.

"으으… 뭐 하느냐? 이 계집애야!"

그런데 그다음에는 고막이 터질 정도로 쩌렁한 고함 소리가 이어졌다.

"주… 주군……."

급히 눈을 뜬 그녀는 누워 있는 자신의 위쪽에서 화용군이 우뚝 버티고 서서 아래를 굽어보는 자세로 여러 그루의 거목을 어깨와 등으로 떠받치고 있는 것을 발견하고 소스라치게 놀랐다.

그녀는 죽지 않았다. 위기일발의 순간에 화용군이 번개같이 나타나서 쏟아지는 거목들을 몸으로 떠받쳐서 그녀를 구해준 것이다.

그녀는 힘겨워서 일그러진 화용군의 얼굴을 보면서 지금껏 가슴속에 품고 있던 의문 하나가 풀리는 것을 느꼈다.

그녀는 자신이 화용군에게 과연 어떤 존재일까에 대해서

늘 의문을 품고 있었다.

물론 주군과 수하, 주인과 종의 관계라고 생각하면 전혀 복잡하지 않다.

처음에는 그렇게 생각했었는데 세월이 흐를수록 그게 아니라는 것을 느꼈다.

화용군과 그녀를 하나의 공간 안에 가두는 것은 주군과 수하, 주인과 종이라는 튼튼한 울타리다.

하지만 울타리 안에서 두 사람을 질기게 이어주고 있는 것은 그게 아니라 뭔가 다른 것이 있을 것이라는 생각을 줄곧 해왔었다.

그런데 그게 무엇인지 아무리 생각해도 도무지 알아낼 수가 없어서 머리만 아팠었다.

그것을 방금 깨달았다. 화용군이 쏟아지는 거목들을 어깨와 등으로 떠받치면서 그녀를 구해준 사실을 알게 된 순간 번갯불처럼 그녀의 뇌리를 스쳤다.

두 사람은 서로에게 분신(分身) 같은 존재였다. 반옥정에게 화용군은 주군이면서 동시에 그녀 자신이었다.

그에게도 그녀는 그런 존재일 것이다. 방금 죽음 직전에 홀연히 나타나 그녀를 구해준 것을 보면 알 수 있다. 그에게도 그녀는 분신이 분명하다.

그녀의 분신이 코와 입에서 피를 흘리면서 반옥정에게 우레처럼 고함을 질렀다.

"야! 이년아! 내가 죽는 꼴을 봐야겠느냐? 어서 밖으로 피해라!"

"아……."

그제야 정신이 번쩍 돌아온 그녀는 퉁기듯이 몸을 일으켜 나무 틈새로 쏘아나갔다.

그러나 혼자 빠져나가지 않고 분신인 화용군의 허리를 낚아채듯 안고 튀어나간 것은 당연한 일이다.

우드등—

그녀와 화용군이 채 이 장도 벗어나지 못했을 때 나무들이 무더기로 쏟아졌다.

"이제 됐다. 놔라."

반옥정의 두 팔에 어깨와 허벅지를 어린아이처럼 안긴 화용군은 못마땅한 목소리로 명령했다.

"주군께선 다치셨습니다. 집까지 속하가 이렇게 모시고 가겠습니다."

반옥정은 억지를 부렸다. 화용군에 의해서 목숨을 건진 그녀는 너무 감격한 나머지 쏟아지는 눈물을 그에게 들키지 않으려고 최선을 다했다.

제36장

하녀들

"내일 아침에 여길 떠나자."

화용군은 그렇게 말하고 휭 하니 통나무집 밖으로 나갔다가 반 시진 만에 사슴 한 마리를 잡아서 돌아왔다.

그는 소 옆에서 사슴 가죽을 벗기고 내장과 뼈를 발라서 맛있는 살코기만 갖고 통나무집으로 들어왔다.

요즘 근 한 달여 동안 무술수련에 매진하느라 사냥을 하지 않아서 고기를 먹지 않았었다.

화용군은 통나무집 안에서 화덕에 고기를 굽고 반옥정은 화덕 옆에 나무로 만든 앉은뱅이 탁자를 놓고 그 위에 밥과 몇 가지 산나물, 버섯 요리를 차렸다.

반옥정은 왔다 갔다 하면서 상을 차리다가 팔꿈치로 화용군의 어깨를 툭 건드렸다.

"윽……."

그런데 고기를 굽던 그가 몸을 움찔하면서 묵직한 신음을 흘리자 그녀는 깜짝 놀랐다.

"다쳤습니까?"

"아니다."

"어디 봐요."

그가 대수롭지 않다는 듯 대꾸했으나 반옥정은 그의 뒤에 무릎을 약간 굽힌 엉거주춤한 자세로 서서 어깨 부위의 옷을 들춰보았다.

"이런……."

그녀의 깊고 검은 눈에 놀라움이 가득 떠올랐다. 화용군의 어깨와 목덜미, 등짝이 온통 검푸르게 멍투성이인 것을 발견한 것이다.

물론 그것은 아까 쏟아지는 나무들로부터 반옥정을 구하느라 몸으로 떠받치다가 생긴 멍이다.

이 정도로 멍이 많고 심하면 몹시 아팠을 텐데도 그는 내색조차 하지 않았다.

"주군은 정말……."

그녀는 말을 잇지 못하고 긴 속눈썹을 파르르 떨며 스르르 무릎을 꿇었다.

이어서 그의 어깨에 뺨을 대고 눈을 꼭 감으며 두 팔로 그의 가슴을 꼭 안고는 한참이나 아무 말도 하지 않았다.

화용군은 잠시 동안 가만히 있더니 가라앉은 목소리로 입을 열었다.

"밥 먹자."

"저……."

상을 다 차려놓고서도 냉큼 오지 않고 반옥정은 저만치 목욕통 옆 구석에서 쭈뼛거렸다.

"왜 그러느냐?"

그녀는 뒤에 감추고 있던 작은 항아리 하나를 내보였다.

"속하가 술을 담가둔 게 있습니다. 마침 잘 익었는데 드시겠습니까?"

이 년 전 제남 일홍각에서 술에 만취하여 무애와 야조 두 여자를 한꺼번에 짓밟았던 화용군은 그 이후 술을 한 방울도 입에 대지 않았었다.

일단 술에 취하면 자신의 욕정을 제어하지 못한다는 생각 때문인 것 같았다.

화용군은 아무 말도 하지 않고 반옥정이 들고 있는 술 항아리를 지그시 주시했다.

반옥정은 언젠가는 한 잔쯤 마시게 될 일이 있을까 싶어서 술을 담가두었으며 그날이 오늘이라고 생각했으나 자신의 착각이었다는 것을 깨닫고 술 항아리를 내리면서 허리를 굽혔다.

"내다 버리겠습니다."

"마시자."

"네?"

"갖고 와라."

"정말입니까?"

반옥정이 확인하듯이 재차 묻자 화용군은 미간을 좁혔다.

"너……"

반옥정은 술 항아리를 들고 그에게 걸어가다가 문득 아까 그가 자신에게 욕을 하던 것이 생각났다.

"왜요? 또 욕할 겁니까?"

"……"

아까 나무들을 떠받치고 있는 상황에서 그는 아래쪽의 그녀에게 '계집년'이라고도 했으며 '야! 이년아'라고도 욕설을 내뱉었었다.

탁—

"왜 아무 말도 안 하십니까?"

그녀는 술을 마실 때를 대비해서 나무로 깎아서 만들어두었던 술잔을 내려놓으면서 물었다.

물론 그것에 대해서 따지자는 게 아니다. 이런 식으로 억지를 쓰면서 분위기를 조금 누그러뜨리려는 속셈이다.

쪼르르…….

"후회하고 있다."

술 항아리에서 술을 퍼서 술잔에 따르던 반옥정은 그의 뜻밖의 말에 동작을 뚝 멈추고 놀라는 표정을 지었다. 그의 입에서 이런 말이 나오다니 놀라운 일이다.

"정말이십니까?"

슥—

화용군은 술잔을 집어 들었다.

"그때 너를 나무에 깔려서 죽도록 그냥 놔둘 것을 괜히 살렸다고 후회하는 거다."

"주군!"

반옥정은 하도 기가 차서 자신도 놀랄 만큼 큰 소리로 고함을 질렀다.

＊　　　＊　　　＊

함박눈이 펑펑 내리고 있는 제남 성내로 두 명의 방갓인이 들어서고 있다.

눈이 내리는 날은 포근하다는 속설처럼 제남 성내는 별로 춥지 않았으며 많은 사람으로 붐비고 있었다.

두 명의 방갓인은 어깨에 검을 메고 있으며 한겨울인데도 얇은 흑의 경장 차림이다.

한 명은 키가 육 척 반에 이를 정도로 매우 크면서 마른 듯 후리후리한 체격이고, 다른 한 명은 남자로 치면 중간키에 역시 말랐지만 늘씬한 체구다.

이들은 바로 오대산 깊은 산속에서 이 년여 동안 무술연마를 하고 돌아온 화용군과 반옥정이다. 방갓을 쓰고 경장을 입은 반옥정은 남자처럼 보였다.

오대산에서 제남까지 오는 보름 동안 몇 가지 큰 소문을 들을 수 있었다.

첫 번째 소문은 동명왕이 역모를 꾸민 것이 발각되어 일가 모두 붙잡혀서 유배를 당했으며, 동명왕부의 모든 인원은 강제로 해산됐다는 것이다.

그 소문은 워낙 크고 파다해서 화용군이 듣지 않으려고 해도 들을 수밖에 없었다.

그렇지만 역모라면 반란을 꾀했다는 것이며 발각되면 구족멸문이 당연한데 어째서 동명왕 일가의 유배 정도로 끝났는지 모를 일이다. 동명왕이 아무리 황족이라고 해도 납득이

가지 않는 사실이다.

하지만 화용군은 동명왕이 역모를 꾀했다는 사실을 추호도 믿지 않았다.

돈이 없어서 동명왕부조차도 제대로 꾸려 나가지 못하는 데다 사병은커녕 동명왕부 내 이백여 명 호위고수의 녹봉조차도 제때 지급하지 못하는 형편이었거늘 어찌 역모를 꾀할수 있다는 말인가.

역모를 꾀하려면 엄청난 자금이 든다는 사실은 코흘리개조차도 알고 있는 사실이다.

동명왕이 궁핍하다는 사실은 천하가 다 알고 있는데, 그렇다면 그가 역모를 꾀하지 않았다는 사실 역시 천하가 다 알고 있을 터이다.

그렇지만 더 자세한 것까지는 알 수가 없다. 다만 화용군은 기회가 되면 동명왕을 돕고 싶다는 마음을 품고 있다. 그들에게 구명지은을 입었기 때문이다.

동명왕부 사람들이 아니었다면 지금의 그도 존재하지 않았을 터이다.

특히 죽어가는 그를 정성을 다해서 치료해 주고 역천심법을 만들어준 천보는 매우 특별한 존재로 그의 가슴 깊은 곳에 각인되어 있다.

그렇지만 그에게 있어서 우선순위는 뭐니 뭐니 해도 원수를 갚는 것이다.

그 자신의 원수를 갚지도 못했는데 남을 돕는다는 것은 어불성설이다.

두 번째 소문도 동명왕하고 관련이 있다. 동명왕의 형인 남천왕 주헌중이 결국에는 대명제국의 태자로 책봉됐다는 사실이다.

당금 황제는 오랜 세월 병상에 누워 있으며 그에겐 왕자, 즉 황위를 이을 아들이 없다.

그래서 친동생에게 황위를 물려주려는 것이며, 동명왕은 역모를 꾀했다가 유배를 당했으므로 태자의 자리는 자연스럽게 남천왕에게 돌아갔다.

당금 황제의 건강이 극도로 악화되어 황후가 섭정(攝政)을 하고 있는 실정이다.

그렇기 때문에 황제가 붕어하면 남천왕이 황위에 올라 대명제국의 새로운 천자(天子)가 될 것이다.

구주무관은 폐허가 돼버렸다.

그곳 죽림 앞에는 네 개의 봉분이 나란히 놓여 있는데, 지난 이 년 동안 돌보는 사람이 없었을 텐데도 잡초도 없이 잘 정돈되어 있었다.

또한 향로에는 누군가 향을 피웠던 흔적도 남아 있었다.

그걸 보고 화용군은 자신이 없는 동안 봉분들이 외롭지 않았을 것이란 생각에 적잖이 마음이 놓였다.

그는 이렇게 해준 사람이 방방일 것이라고 생각했다. 그가 아니고는 이럴 사람이 없다.

그는 네 개의 봉분에 차례로 절을 올렸고 마지막에 누나 화수혜의 봉분 앞에 한참 동안 앉아 있다가 일어섰다.

[저기 있습니다.]

복잡한 거리를 나란히 걸어가던 두 사람 중에 반옥정이 대로 우측 어느 가게 앞에 있는 방방을 발견하고 화용군에게 전음을 보냈다.

화용군이 그녀의 시선을 따라서 쳐다보자 어느 가게 앞에서 팔짱을 낀 자세로 주인인 듯한 사내와 농담을 주고받는 방방의 모습이 보였다.

언뜻 보기에도 예전에 비해서 많이 초췌해진 모습이지만 틀림없는 방방이다.

[만복루(萬福樓)로 데려와라.]

화용군은 성내의 대로 한복판에서 자신이 직접 방방에게 다가가는 것은 좋지 않다고 여겨 반옥정을 시켰다.

만복루는 성 남쪽 대안문(代安門) 근처에 있는 주루인데 이곳에서 가깝고 또 예전 구주무관 시절에 두 사형, 단소에와 함께 가끔 들렀던 곳이다.

방방은 예전에 비해서 말수가 더 많아졌다. 예전에는 그래도 이따금씩 뼈 있는 말을 곧잘 했었으나 지금은 백 마디 떠벌이면 백 마디가 다 쓸데없는 헛소리다.

그러는 이유는 아마도 가슴에 커다란 구멍이 뚫렸기 때문일 것이다.

이 년 전에 화용군이 갑자기 증발해 버린 이후에 생긴 커다란 구멍이다.

그래서 떠들지 않고 가만히 있으면 그 구멍으로 찬바람이 술술 들어와서 뼈까지 시려 버리는 터라 그래서 쉬지 않고 떠드는 것이다.

"우헤헤! 그래서 그 자식하고 그년이 말이오……."

듣고 있는 가게 주인은 지겨워서 죽을 지경인 표정인데 방방이 개방 제자라서 감히 얼굴에 드러내지는 못하고 하품만 늘어지게 하고 있다.

그런데 그때 방방은 자신의 등 뒤에서 귀신이 다가서는 것처럼 써늘한 기운을 느끼고 힐끗 돌아보았다.

"……."

그는 자신보다 머리가 하나쯤 더 큰 시커먼 방갓인이 두 걸음 뒤에서 자신을 묵묵히 굽어보는 것을 발견하고 흠칫 몸을 떨었다.

방갓 때문에 안의 얼굴이 보이지 않고 검게만 보였으며, 방갓과 어깨에 눈을 수북하게 얹은 채 그를 굽어보는 모습이 마치 저승사자 같았다.

[방방, 가자.]

"……."

방갓인이 불쑥 전음을 보내고 돌아서는 것을 보고 방방은 멍한 표정을 지었다가 곧 화드득 정신을 차렸다.

"당신!"

[입 다물고 따라와라.]

방방이 상대가 누군지 알고 기쁜 탄성을 지르려고 하자 방갓인이 낮게 꾸짖었다.

반옥정과 방방이 성내 남쪽의 만복루에 도달했을 때에는 날이 어두워졌다.

방방은 만복루 입구 옆에 한 명의 키가 매우 큰 방갓인이 우뚝 서 있는 것을 보고 그가 화용군이라 확신하여 빠른 걸음으로 다가갔다.

"강호 형!"

이 년 전 화용군은 태산 남쪽 양길촌 무량원이라는 의원에 머물고 있을 때 반옥정더러 제남에 다녀오라고 심부름을 보낸 일이 있었다.

그때 반옥정이 방방을 만나면서 화용군의 소식을 전했던 것이 마지막이었다.

그리고 이 년 만에 다시 만났으니 반가움이야 이루 말할 수 없을 지경이다.

"강호 형! 살아 있었구나!"

그가 기쁨에 겨워서 큰소리로 외치며 화용군의 손을 덥석 잡자 지나던 사람들이 이쪽을 쳐다보았다.

그걸 보고 방방은 찔끔해서 겸연쩍게 웃었다.

"헤헤… 너무 반가워서……."

그는 화용군의 본명을 알고 있으면서도 처음에 불렀던 '강호'라는 이름이 입에 밴 모양이다.

"왜 밖에 계십니까?"

"안에 자리가 없다."

반옥정의 물음에 화용군이 대답하면서 주위를 둘러보았다.

"가세."

방방이 그의 손을 잡은 채 거리로 이끌었다.

"어디로 가느냐?"

반옥정이 나직하지만 차갑게 묻자 방방은 그녀를 쳐다보지도 않고 싱글벙글 웃었다.

"가보면 아오."

반옥정이 공손하게 대하는 사람은 천하에서 오직 화용군한 사람뿐이다.

그러나 그녀가 살얼음처럼 대해도 방방은 그저 화용군을 만나서 반가울 따름이다.

방방이 두 사람을 데려간 곳은 외성 동남쪽 호천진주천(虎泉珍珠泉)이라는 운하 근처의 어느 허름한 집이다.

제남 내성 성벽 바깥쪽에는 호천진주천이 내성을 한 바퀴 빙 둘러 흐르고 있다.

특히 동남쪽 영고문(永固門) 근처의 운하 양편에는 하층민들의 찌그러진 집들이 게딱지처럼 다닥다닥 붙어 있으며 제남성에서 가장 못사는 동네로 유명하다.

방방은 그중 어느 집의 낡은 나무문을 두드렸다.

탕탕탕—

"누… 구세요?"

한동안 조용하더니 잠시 후에 어린아이의 조심스러운 목소리로 작게 들렸다.

"하하하! 동아, 형님이다. 문 열어라."

"아……."

방방이 웃으면서 말하자 급히 달려오는 소리가 나고 곧 문이 열리더니 예닐곱 살 정도의 어린 소년의 해사한 모습이 나타났다.

"방 협사님."

몹시 남루한 옷차림이지만 귀엽게 생긴 소년은 방방을 보더니 몹시 반가워하며 안길 듯이 바싹 다가왔다.

"인석아, 형님이라고 부르라니까 왜 자꾸 협사냐?"

"헤헤… 방 협사님은 엄마만큼 나이가 많으신데 어떻게 형님이라고 불러요?"

화용군은 어린 사내아이가 나운향의 아들 서동이라는 것을 한눈에 알아보았다.

그 난리를 치르는 통에 나운향과 곽림의 처에 대해서는 전혀 신경을 쓰지 못했었는데 이제 보니까 방방이 그들을 거두었던 모양이다. 다행한 일이다.

나운향 등이 사는 집 내부는 밖에서 본 것보다 더욱 형편없이 초라했다.

끝에서 끝까지의 길이가 열 걸음도 안 되는 공간이며 주방하나에 방은 달랑 두 개다.

나운향네 세 식구와 곽림의 처 임청네 가족 두 명이 각각 방 하나씩을 쓰고 있단다.

두 개의 방에는 침상도 없어서 화용군과 반옥정, 방방 등은 바닥에 둘러앉았다.

방방의 말에 의하면 이 집은 원래 비어 있었는데 그가 수소문해서 구해주었으며, 나운향과 임청, 그리고 그녀들의 딸 서진과 곽영 네 사람은 방방이 소개해 준 주루에 일을 하러 나갔다는 것이다.

개방 제자인 방방은 돈이 한 푼도 없다. 개방 제자가 돈을 지니고 있다가 발각되면 심한 문책을 당하기 때문이다. 그러니 그가 나운향 가족을 도울 수 있는 길은 돈이 아니라 개방 제자라는 영향력이다.

서동은 오랜만에 만난 화용군의 무릎에 앉아서 내려올 생각을 하지 않았다.

"강호 형이 없는 동안 감태정이 대명제관 중에서 스물두 곳을 수중에 넣었네. 이곳 사람들은 그걸 백학무류(白鶴武流)라고 부른다네."

방방이 지난 이 년 동안 제남에서 벌어졌던 변화에 대해서 착잡한 얼굴로 설명하고 있다.

백학무숙은 원래 은성검도관을 비롯하여 대명제관의 네 곳을 소유하고 있었는데 현재는 스물두 곳을 수중에 넣었다는 것이다.

"감태정은 대명제관의 무도관들을 장악하려고 단 두 가지 방법을 사용했다네. 설득 아니면 실종이었네."

"실종?"

"감태정의 설득에 넘어간 무도관은 한 군데도 없었네. 그래서 감태정이 택한 방법이 점찍은 무도관의 관주들을 사라지게 만드는 것이었네."

"흠."

"관주들이 사라진 무도관에서는 새로운 관주를 추대했으며 그 관주가 감태정의 말을 듣지 않으면 또다시 사라졌네. 그런 식으로 관주가 자신의 말을 들을 때까지 감태정은 계속 관주들을 증발시켰지."

화용군은 미간을 좁혔다.

"그게 먹혔다는 말인가?"

"무식한 방법이지만 효과는 최고였지."

"감태정이 관주들을 사라지게 했는데 무도관들이 가만히 당하고만 있었다는 말인가?"

"관주들은 어느 날 그냥 갑자기 사라져 버렸네. 감태정이 죽였다거나 납치했다는 증거는 어디에도 없었네. 단지 추측만 할 뿐이지."

그야말로 감태정은 목적을 위해서는 수단과 방법을 가리지 않는 인물이다.

반옥정은 원래 그런 얘기에는 관심이 없기 때문에 화용군 뒤에 단정하게 무릎을 꿇고 꼿꼿하게 앉아 있을 뿐이다.

방방은 설명을 하는 도중에 화가 치밀어서 목소리가 점점 날카로워졌다.

"설득해서 안 되면 관주를 죽이는 거지."

"다른 소식은 없나?"

화용군은 방방의 말을 끊었다. 감태정이 대명제관을 어떻게 했든 관심이 없기 때문이다.

"그렇다면 이건 관심 있을 거야."

방방이 자신만만한 표정을 짓자 화용군은 어디 들어보기나 하자는 듯이 고개를 가볍게 끄떡였다.

"내가 나름대로 조사를 해봤는데 말일세."

"뭘 말인가?"

"혈명단 제남지단주와 야조 말이야."

순간 화용군과 반옥정은 동시에 자세를 똑바로 하면서 얼굴이 확 굳어졌다.

"그녀들이 뭐 어떻다는 건가?"

"감태정이 지단주하고 야조의 몸을 도막내서 들개 밥으로 내다 버렸다는 것 말일세."

상처에 소금을 뿌리는 듯한 말이라서 화용군과 반옥정은 눈에서 싸늘한 빛을 뿜으며 듣기만 했다.

"내가 그녀들의 신체 일부라도 수습을 하려고 어디에 버렸는지 알아봤더니……."

방방은 고개를 모로 꼬았다.

"백학무숙의 어느 누구도 그 장소를 모른다는 거야. 내가 여러 방법으로 백학무숙의 놈들을 몇 명 만나봤는데 아무도 모르더라고."

화용군과 반옥정은 뭔지 모를 흐릿한 기대감을 동시에 품고 그의 다음 말을 기다렸다.

"그래서 내가 돈을 좀 써서 사람을 시켜 선우무사(仙羽武士) 몇 명을 기루로 꼬셔내서 술을 잔뜩 먹이고 그 일에 대해서 물어보게 했더니……."

백학선우 감태정이 기거하는 선우각을 전담하는 무사를 선우무사라고 한다.

방방은 자꾸만 말끝을 흐렸다. 화용군과 반옥정의 관심을 유도하려는 것이라면 성공했다. 아니, 성공이 지나쳐서 두 사람의 화를 돋우었다.

슝—

"한 번만 더 말꼬리를 흐리면 목을 베겠다."

인내심이 상대적으로 부족한 반옥정이 어깨의 검을 반쯤 뽑으면서 낮게 으르렁거리자 방방은 흑! 하고 몸을 움츠리고는 빠르게 말했다.

"선우무사들도 그 장소에 대해서는 아무도 모른다는 걸세. 그러다가 아주 중요한 사실을 알아냈는데……."

스릉—

"으헉! 배, 백학무숙 뇌옥에 지단주와 야조가 감금되어 있을 거라는 얘길 들었네."

반옥정은 검을 뽑다가 뚝 멈췄고, 화용군은 너무 긴장해서 주먹을 잔뜩 움켜쥐었다.

"그게 사실인가?"

방방은 평소에도 반옥정, 아니, 혈검비를 두려워했었기에 그녀가 수틀리면 그냥 검을 뽑아 자신을 벨지도 모른다는 두려움에 땀이 비 오듯 했다.

"확… 확실한 건 아니고… 확률은 반반일세… 그래, 반반……."

"음……."

화용군은 무거운 신음을 토해냈다. 그녀들이 살아 있다는 확률이 반이 아니라 반에 반만 되도 그게 어딘가. 그것은 무덤에서 그녀들을 살려낼 수 있는 가능성이 조금이라도 있다는 뜻이다.

덥썩—

"수고했다."

그는 방방의 손을 굳세게 잡으며 진심 어린 표정으로 말했다. 그의 덥수룩하게 검고 짧은 수염으로 덮인 얼굴이 희망으로 흐릿하게 빛났다.

탕탕탕—

"동아!"

그때 밖에서 누군가 문을 두드리며 서동을 부르는 여자의 목소리가 들렸다.

"엄마예요."

서동이 화용군 무릎에서 냉큼 내려오며 기쁜 표정을 지었다.

서동은 구르듯이 밖으로 달려 나가며 비명 같은 환호성을 지르면서 문을 열어주었다.

하지만 나운향과 임청 등은 서동이 무슨 소리를 하는 건지 말이 불분명해서 전혀 알아듣지 못했다.

단지 집에 무슨 큰일이 벌어진 게 아닌가 하고 더럭 걱정이 앞설 뿐이다.

그런데 그때 집 안에서 방갓을 벗은 화용군과 반옥정, 방방이 걸어 나오는 것을 발견하고 나운향과 임청 등은 그 자리에 얼어붙었다.

"운향."

화용군은 조용한 목소리로 나운향을 불렀다.

지난 이 년 동안 그의 모습이 많이 변했으나 나운향과 그녀의 딸 서진은 그를 한눈에 알아보았다.

"대… 대인……."

나운향은 눈물을 왈칵 쏟으며 쓰러질 듯이 비틀거렸다.

화용군이 앞으로 나서며 부축하자 그녀는 와락 그에게 안기며 울음을 터뜨렸다.

"으흐흑! 대인… 살아계셨군요……."

화용군은 나운향과 그녀의 딸 서진을 양팔에 쓸어안고 등을 쓰다듬었다.

"고생 많았소."

곽림의 처 임청과 그녀의 딸 곽영은 화용군을 처음 보는 것이지만 그를 꿈속에서도 그려왔던 터라서 비 오듯이 눈물을 흘리며 그를 바라보았다.

올해 삼십사 세가 된 나운향은 오래전에 남편을 잃은 청상과부로서 오로지 화용군만을 하늘같은 주인으로 섬기면서 살았었기에 이 뜻밖의 재회에 눈물을 폭포처럼 흘리며 그의 품에서 떨어질 줄을 몰랐다.

나운향과 임청은 주방에서 저녁 식사를 준비하느라 정신없이 분주한 모습이다.

주방이라고 해봐야 화용군이 앉아 있는 방에서 다섯 걸음 떨어진 곳이다.

집 안에 있는 두 개의 방과 하나의 주방은 문이 없어서 서로 일자로 다 통해 있다.

주방 쪽에 가까운 방에서 화용군과 반옥정, 방방이 은밀한 대화를 나누고 있는데, 옆방에 있는 서진과 서동, 곽영은 온 신경이 화용군에게 집중되어 있다.

　"곽림은 어떤가?"

　화용군의 말소리는 워낙 작아서 반옥정과 방방 외에 다른 사람에게는 들리지 않았다.

　방방은 힐끗 주방의 임청을 돌아보고 나서 목소리를 더욱 낮추었다.

　"백학무숙 뇌옥에 갇혀 있는데 아직까지 살아 있는 것으로 알고 있네."

　"다행이군."

　"강호 형이 반드시 곽림을 구해내야 하네."

　방방은 빚 독촉을 하듯이 말을 이었다.

　"그리고 나운향 부인과 임청 부인을 언제까지 이런 곳에서 살게 내버려 두지는 않을 테지?"

　"허허……."

　"왜 웃나?"

　탁!

　"엇?"

　화용군은 손을 뻗어 방방의 머리를 한 대 가볍게 때렸다.

　"왜 때리나?"

"이게 다 자네가 나한테 떠넘긴 것 아닌가?"

"헤헤… 그런가?"

방방은 겸연쩍은 듯 머리를 긁적였다. 사실을 말하자면 구주무관에 불쑥 나운향을 데리고 온 것은 그였었다.

화용군은 문득 구주무관의 봉분들이 생각났다.

"방방, 봉분들을 돌봐줘서 고맙다."

"어? 무슨 봉분?"

"구주무관 죽림 앞의 봉분 말이야."

방방은 머리를 긁적였다.

"아… 그거 말인가? 나 부인하고 임 부인 둘이서 매일 주루에 일 나가기 전에 새벽에 들르는 걸로 알고 있네."

"그녀들이……."

설마 나운향과 임청이 봉분들을 돌봤을 것이라고는 전혀 상상하지 못했던 화용군은 적잖이 놀랐다.

원래 탁자 같은 게 없는 집이라서 바닥에 요리를 차려놓고 모두들 둥글게 둘러앉아서 저녁식사 겸 술을 마셨다.

"대단하군."

화용군은 나운향과 임청, 서진, 곽영 네 사람이 주루에서 주방 일과 허드렛일을 해주고 한 달에 은자 삼십 냥을 번다는 말에 고개를 끄떡였다.

"자네 삼십 냥이 은자라고 생각한 거지?"

"그럼 아닌가?"

"구리돈일세, 구리돈. 어떤 미친놈이 여자 네 명에 은자 삼십 냥씩이나 주겠나?"

"그런가?"

화용군은 자신도 모르게 쓴웃음이 나왔다. 그는 열두 살 어린 나이였을 때 구리돈 한 냥이 아니라 한 닢이 얼마나 큰돈인지 뼈저리게 경험을 했었다. 그런데 그게 마치 아득한 옛날 일인 것처럼 까맣게 망각하고 있었던 자신에게 쓴웃음이 난 것이다.

그렇다면 구리돈 삼십 냥으로 나운향을 비롯한 다섯 사람이 한 달을 먹고살아야만 했다는 것이다.

"이들 네 사람이 하루에 한 끼라도 주루에서 해결하지 못했더라면 오래전에 굶어죽었을 걸세."

"저희들 걱정은 하지 마세요, 대인."

그런데 맞은편에 앉은 나운향이 손을 저었다.

그녀는 방 한쪽 구석을 향해 무릎걸음으로 가더니 그곳에 가지런히 쌓아놓은 이불 더미 속에서 꾀죄죄한 작은 주머니를 찾아서 갖고 왔다.

그녀는 화용군에게 주머니를 두 손으로 내밀면서 부끄러운 표정을 지었다.

"대인께 이거라도 도움이 됐으면 좋겠어요."

화용군이 주머니를 받아서 열어보니 그 안에 반짝이는 은자가 들어 있는 게 보였다.

눈으로 세어보니 열 개다. 은자 열 냥이면 구리돈 오백 냥으로 이들에겐 엄청난 거액이다.

나운향이 더욱 부끄러운 표정을 지었다.

"우리가 열심히 일했지만 그것밖에 모으지 못했어요."

네 여자가 한 달에 구리돈 삼십 냥을 버는데, 이 년여 동안에 오백 냥을 모으려면 거의 한 푼도 쓰지 않아야지만 가능한 일이다.

"누추하지만 대인께서 이곳에서 지내시면 정성을 다해서 모시겠어요."

나운향은 고개를 조아리며 공손히 말했고, 임청은 아무 말도 하지 않았으나 같이 고개를 조아렸다.

그녀들이 봤을 때 평범한 흑의 경장을 입은 모습으로 이 년만에 제남에 돌아온 화용군은 어디 갈 곳 없는 신세로 보였을지도 모른다.

이것은 그녀들의 즉흥적인 마음이 아닌 듯하다. 이 년여 동안 주린 배를 움켜잡으며 은자 열 냥을 모았다는 것은 뭔가 목적이 있기 때문이다.

그 목적이 바로 언젠가 화용군이 돌아오면 그에게 목돈을 안겨주려는 것이었다는 것쯤은 누구라도 짐작할 수 있다.

[돈은 받게. 아니면 시끄러워질 게야.]

방방이 화용군에게 전음을 보냈다.

화용군은 두 손에 꾀죄죄한 주머니를 들고 나운향과 임청을 쳐다보니 그녀들은 혹시 그가 돈을 받지 않고 거절할까 봐 조마조마한 표정을 짓고 있었다.

만약 화용군이 돈을 받지 않으면 그녀들은 자신들의 성의가 무시당했다면서 울음을 터뜨릴 것 같은 분위기다.

"고맙소."

그는 진심 어린 표정으로 가볍게 고개를 숙이고 나서 돈주머니를 품속에 넣었다.

그러자 조마조마한 표정의 나운향과 임청, 심지어 아이들까지도 안도의 환한 얼굴이 되었다.

"대인, 천첩의 술 한 잔 받으세요. 이것은 비록 싸구려 화주(火酒)지만 해후주(邂逅酒)라 아시고 드세요."

나운향은 기분이 몹시 좋아져서 술병을 들고 내밀었다.

쪼르르…….

"전부터 말하고 싶었던 건데……."

술을 받으면서 화용군이 슬며시 운을 뗐다.

"운향이 내게 천첩이라 칭하는 것은 삼갔으면 좋겠소."

"네?"

나운향은 눈을 동그랗게 떴다.

그녀는 삼십 대의 무르익은 여인들이 거의 그렇듯이 몸매가 풍만하다.

가냘프면서도 가슴과 둔부, 잘록한 허리가 풍성하게 잘 발달됐다는 뜻이다.

또한 이미 사내를 알고 있는 여자의 표정과 눈빛을 지니고 있다.

화용군을 사내로 여기고 욕정을 느껴서가 아니라 사내의 몸을 알고 있는 여자는 순결한 여자하고는 다른 모습과 몸집을 지니는 법이다.

더구나 그녀는 남자를 알면서도 사오 년 동안이나 정사를 하지 못했기에 그냥 가만히 있기만 해도 색정(色情)이 철철 넘친다.

그것은 그녀의 잘못이 아니라 그녀의 몸이 언제든지 남자를 받아들일 수 있는 상태라는 뜻이다.

그것은 청상과부로 살면서 몸이 그런 식으로 자연스럽게 진화했다고 할 수 있다.

"천첩이 천첩이라 하는 것이 싫으신가요?"

그래서 그냥 평범하게 말하고 행동을 해도 사내를 후리는 듯한 요염한 눈빛과 표정, 몸짓이 그냥 저절로 나온다.

"그게 아니라……."

"저희는 모두 대인의 소유물이에요. 그러니까 천첩이라 칭하는 것이 당연해요. 그렇지 않은가요, 방 협사?"

나운향은 이해할 수 없다는 듯 방방을 쳐다보았다.

"그건 나 부인 말이 맞네. 일례로 하녀들은 주인에게 자신을 칭할 때 다 천첩이라고 하네."

"허… 하녀라니."

"그럼 나 부인이 하녀지 뭔가?"

"음."

화용군은 할 말이 궁해졌다. 과연 방방의 말이 옳다. 나운향은 처음부터 하녀로서 구주무관에 들어왔었다.

나운향은 자신의 좌우에 앉은 딸 서진과 임청, 그녀의 딸 곽영을 두루 가리켰다.

"천첩뿐만이 아니라 이들 모두 대인의 하녀예요. 그러니까 이들도 대인 앞에서 자신을 칭할 때는 천첩이라고 해야 마땅해요."

나운향은 이 기회에 아예 다시는 두말 못하도록 못을 박는 것처럼 단호하게 말했다.

"나는 이제 더 이상 그대들의 상전이 아니오."

그의 말에 나운향 등은 화들짝 놀랐다.

"천첩들을 버리실 건가요?"

"그건 아니오."

화용군은 나운향 등을 버리지 않을 것이다. 앞으로는 그녀들이 고생하지 않고 편히 살 수 있도록 최소한의 배려를 해줄 생각이다.

나운향은 배시시 미소 지었다.

"그렇다면 우린 모두 대인의 하녀예요."

화용군은 어이없는 표정으로 그녀들을 둘러보다가 임청과 눈이 마주쳤다.

그녀는 입술이 조금 두툼하고 눈매가 깊고 검은 매혹적인 용모인데 화용군과 시선이 마주치자 깜짝 놀라서 얼굴을 붉히며 고개를 숙였다.

나운향이 사온 화주는 싸구려답게 독하기 짝이 없는 술이다.

방방은 술을 마시다가 개방으로 돌아갔고, 화용군은 하녀들에게 둘러싸여 수십 잔의 화주를 마시고 꽤나 취해서 일어섰다.

"주무시고 가세요. 자리를 펴겠어요."

나운향이 화용군의 옷자락을 붙잡았고 임청은 눈빛으로 그의 다리에 매달렸다.

두 여자는 오랜만에 주인을 만나서 마음 놓고 폭음을 한 터라 제대로 일어서지도 못할 만큼 만취했다.

화용군은 그녀들이 마치 어린아이들처럼 어리광을 부리는 것 같아서 절로 미소가 떠올랐다.

그런데 어느 순간 그녀들이 조용해서 살펴보니까 바닥에 아무렇게나 쓰러져서 잠이 들었다.

그녀들뿐만 아니라 몰래 홀짝거리면서 독한 화주를 몇 잔 마신 서진과 곽영도 한쪽에 엉켜서 잠이 들었으며, 막내 서동은 아까부터 진작 자고 있었다.

갑자기 모두 전멸한 것처럼 쓰러져서 자는 것을 보고 있으려니 옆에 우뚝 서 있는 반옥정이 중얼거렸다.

"속하가 혼혈을 제압했습니다."

제37장

———

피의 빛

화용군과 반옥정은 하룻밤 묵을 객잔을 찾아서 으스름 밤 거리로 나섰다.

두 사람은 한동안 묵묵히 걷고 있는데 반옥정이 앞을 보면서 불쑥 말했다.

"귀찮지 않습니까?"

"그녀들 말이냐?"

"그녀들이 궁핍하게 사는 것이 불쌍하시면 돈 몇 푼 줘버리고 끝내십시오."

화용군은 얼음처럼 냉정한 성격의 반옥정이라면 능히 할

수 있는 말이라고 생각했다.

그렇지만 그에게 나운향 등은 그런 식으로 매정하게 끝낼 사람들이 아니다.

비록 그들이 가족은 아니지만 하늘 아래 피붙이 하나 없는 그에게는 어쩌면 가족 같은 사람들일 수도 있다.

"내가 너에게 돈을 주고 우리 관계를 끝내자고 한다면 넌 그럴 수 있느냐?"

반옥정의 무표정한 얼굴이 한층 더 굳어지며 걸음을 뚝 멈추었다.

"속하하고 그녀들하고 같습니까?"

그녀는 계속 걸어가는 화용군의 뒷모습을 쏘아보며 조금 힘주어서 물었다.

"물론 다르지."

그의 대답에 조금 마음이 누그러진 그녀는 그를 뒤쫓으며 재차 물었다.

"어떻게 다릅니까?"

"넌 수하고 그녀들은 하녀지."

그런 대답으로는 반옥정의 마음에 차지 않았다. 그렇지만 자꾸 캐묻는 것이 자신을 초라하게 만드는 것 같아서 입을 다물었다. 하지만 기분은 께름칙했다.

"저기 객잔이다."

화용군은 전방에 보이는 객잔을 향해 휘적휘적 걸어갔다.

점소이는 이 층에 객방이 하나밖에 없다고 말했다.

화용군과 반옥정은 오대산에서 머문 두 번의 겨울, 최소 일곱 달 동안 거의 한 침상에서 부둥켜안고 잤으므로 그런 것은 문제가 되지 않았다.

객방으로 들어가는 화용군이 비틀거리자 반옥정이 얼른 그를 부축했다.

"취했나 보다."

중얼거리면서 침상에 걸터앉은 그는 한동안 꼼짝도 하지 않고 굳게 닫혀 있는 창을 응시하다가 입을 열었다.

"한 번에 해치워야겠다."

"그래야 할 겁니다."

반옥정이 옆에 앉아서 침상의 이불을 고르게 정리하면서 대꾸했다.

"무엇을 먼저 할까?"

무애와 야조, 곽림이 뇌옥에 갇혀 있다면 그들을 구해야 하는 일이 하나이고, 백학선우 감태정을 죽이는 일이 또 하나이다. 그는 이 둘을 말하는 것이다.

둘 다 따로 할 수가 없다. 무애 등을 먼저 구해내면 백학무숙의 경계가 더욱 강화될 테고, 그러면 감태정을 죽이는 일이 어려워진다.

반대로 감태정을 먼저 죽이면 백학무숙이 발칵 뒤집어져서 무애 등을 구하는 일이 어려워질 수도 있다. 그러니까 같은 날 한꺼번에 해치워야만 한다.

"감태정을 먼저 죽이십시오."

반옥정은 화용군의 심중을 꿰뚫고 있다. 그녀만큼 그를 잘 아는 사람은 천하에 둘도 없을 터이다.

그녀는 그가 이미 속으로 결정을 내려놓고서 자신에게 묻는다는 것을 알고 있었다.

무애와 야조는 반옥정의 상전이며 동료였기 때문에 그녀에게 먼저 묻는 것이 예의라고 여긴 것이다.

"그렇게 하자."

그렇게 말하고서 화용군은 침상에 풀썩 쓰러져서는 코를 골기 시작했다.

그는 주량이 매우 센 편이지만 오늘밤에는 독한 화주를 지나치게 많이 마셨다.

나운향과 임청, 심지어 서진과 곽영까지 쉬지 않고 그에게 술을 권한 탓이다.

반옥정은 그를 반듯하게 눕혀놓고는 한동안 물끄러미 굽어보았다.

"……!"

반옥정은 낯설면서도 익숙한 느낌에 잠이 깼다.

그녀는 옆으로 누워서 자고 있는데 그녀에게 팔베개를 해 주고 있는 화용군이 그녀의 뒤에 붙어서 괴춤으로 손을 넣어 사타구니를 더듬고 있는 중이었다.

이것은 처음 있는 일이 아니지만 그렇다고 자주 있는 일도 아니다.

그의 손길은 별로 집요하지 않고 그저 잠결이나 취중에 더듬는 정도다.

이런 일이 있을 때마다 반옥정은 자신이 죽을 때까지 화용군의 여자가 될 수 없을 것이라는 생각이 들었다.

그의 손가락들은 목적지에 미치지 못하고 무성한 거웃만 만지작거리고 있었다.

슥—

반옥정은 똑바로 누우면서 다리를 약간 벌렸다. 그러면서 그녀는 자신이 나운향이나 임청하고 다를 바 없는 여자라는 생각이 들었다.

그의 손가락이 마침내 목적지를 찾았다. 그리고 반옥정은 불현듯 갈증이 났다.

*　　　*　　　*

화용군은 계획을 바꾸기로 마음먹었다.

무애와 야조, 곽림이 뇌옥에 갇혀 있는지, 그리고 무사한지 먼저 알아보고 그렇다면 그들을 구해야겠다고 생각했다.

그런데 한 가지, 무애와 야조는 혈명살수인데 어째서 백학 무숙 뇌옥에 갇혀 있는지가 궁금했다. 아마도 거기에는 무슨 사정이 있을 듯했다.

화용군과 반옥정 정도의 고수가 자정이 넘은 시각에 백학 무숙에 잠입하여 활보하는 것은 손바닥을 뒤집는 것보다도 쉬운 일이다.

두 사람은 뇌옥이 어디에 있는지 방방에게 자세한 설명을 들었으므로 백학무숙에 잠입하자마자 곧장 뒤쪽의 야트막한 야산으로 향했다.

두 사람에겐 한 가지 유리한 점이 있다. 화용군이 백학무숙에 침입했다가 중상을 입었고, 그 일에 무애와 야조 등이 개입했던 것이 이 년 전의 일이었으므로 이제는 모두의 뇌리에서 그 일이 거의 잊히고 있다는 사실이다.

세월은 경계심을 퇴색시키는 법이다. 그걸 입증이라도 하려는 듯, 두 사람은 야산의 아래쪽에 위치한 뇌옥 입구에 이를 동안 아무런 방해도 받지 않았다.

백학무숙의 뇌옥은 뇌옥답게 지하, 즉 야산 아래 안쪽에 꾸며져 있는 모양이다.

　매우 두꺼운 뇌옥 철문 앞에는 누비옷을 껴입은 두 명의 무사가 꺼져 가는 모닥불에 장작을 넣으면서 뭐가 불만인지 연신 투덜거리고 있었다.

　화용군과 반옥정은 거리낌 없이 뇌옥 철문을 향해 두 줄기 어두운 빛처럼 쏘아갔다.

　그러다가 십여 장으로 가까워지자 반옥정이 전방으로 쑥 빠르게 쏘아 나가며 어깨의 검을 뽑았다.

　스릉―

　원래 어두운 한밤중에는 밝은 곳에서 어두운 쪽이 잘 보이지 않는 법이다.

　또한 두 명의 무사는 모닥불에 장작을 넣느라 부산을 떨고 있으며, 모닥불이 타면서 탁탁 불꽃을 튀는 소리에 반옥정이 검을 뽑는 소리마저 듣지 못했다.

　쉬익―

　"큭!"

　"컥!"

　두 명의 무사는 비 맞은 중처럼 구시렁거리며 모닥불에 장작을 넣다가 목이 반쯤 잘려서 죽었다. 아마도 이들은 염라대왕 앞에 가서 왜 죽었는지 이유를 설명하지 못해서 답답할 것이다.

철컹—

반옥정은 재빠른 동작으로 쓰러진 무사의 괴춤에 있는 열쇠로 뇌옥의 철문을 열었다.

"넌 여기에 있어라."

휙—

화용군은 짧게 말하고 컴컴한 뇌옥 안으로 빨려들 듯이 쏘아 들어갔다.

뇌옥 안은 코끝조차 보이지 않을 만큼 칠흑처럼 캄캄했으나 화용군에겐 대낮 같았다.

이 년여 동안 역천심법을 꾸준히 운공조식을 한 그는 현재 백 년을 상회하는 공력을 지니게 되었다.

무림의 웬만한 문파의 수장들 평균적인 공력이 일 갑자 육십 년을 넘지 못하는 것을 감안하면 그의 백 년 공력은 대단한 것이라고 할 수 있다.

철문에서 직선으로 오 장쯤 들어가자 아담한 공간이 나타났고, 거기에서 좌우 양쪽으로 복도가 뻗었으며 철문들이 길게 늘어서 있었다.

이곳에는 어디에도 불이 켜 있지 않아서 마치 무덤 속처럼 고요하고 어두웠다.

철컹—

각각의 뇌옥들은 밖에서 안이 들여다보이지 않아서 화용군은 왼쪽 최초의 철문부터 하나씩 열어보았다.

철문 안에서는 지독한 악취가 쏟아져 나왔으며 사람인지 짐승인지 모를 물체가 구석의 바닥에 웅크린 자세로 누워 있었다.

그들은 철문이 열리는 소리에도 전혀 반응을 하지 않거나 몇몇 물체는 꿈틀거리면서 자신이 살아 있다는 것을 보여주었다.

그렇지만 화용군은 자신이 찾고 있는 사람이 아니라서 철문을 열어놓은 채 그냥 지나쳤다.

철컹—

그는 무애와 야조, 곽림을 찾으려고 두 번째 세 번째 철문들을 연속적으로 계속 열면서 나아갔다.

왼쪽 통로 열다섯 개의 철문을 다 열었는데도 무애 등의 모습은 보이지 않았다.

그는 다시 오른쪽 통로로 달려가서 첫 번째 철문을 활짝 열어젖혔다.

그리고 다섯 번째인가 여섯 번째 철문을 열고는 안을 들여다보면서 다음 철문으로 가려다가 멈칫했다.

구석에 한 사람이 뒷모습을 보인 채 새우 같은 자세로 웅크리고 있었다.

그런데 여태까지 봐온 모습들하고 다르다. 체구가 작았으며 또한 가냘프다.

잘록한 허리와 둥그런 둔부, 몸의 전체적인 굴곡으로 봤을 때 여자가 틀림없다. 지금까지 여자는 한 명도 없었다.

휙—

화용군은 단숨에 뇌옥 안 구석까지 미끄러지듯이 뛰어들어 누워 있는 사람의 어깨에 조심스럽게 손을 대고 천천히 몸을 돌렸다.

때가 범벅된 얼굴을 새둥지처럼 헝클어진 머리카락이 뒤덮고 있는 모습이 드러났다.

그리고 화용군은 그 더러운 몰골 속에서 기적처럼 야조의 흐릿한 전체적인 윤곽을 찾아냈다.

그는 세게 만지면 부서질 것처럼 매우 조심하며 그녀를 안아 들었고 그때까지도 그녀는 정신을 차리지 못했다. 자는 것인지 혼절한 것인지 모를 일이다.

"야조……."

"음……."

그의 조용한 부름에 그녀는 몹시 힘겹게 천 근의 무게를 밀어내는 것처럼 눈을 떴다.

"누구……."

그는 그녀를 안은 상태에서 부드러운 진기를 주입시키면서 미소를 지었다.

"나다. 야조."

진기가 주입되어 점점 정신이 맑아지고 힘이 생기게 된 그녀는 눈을 크게 뜨며 놀라는 표정을 지었다.

"아아… 설마……."

생기가 없던 그 눈은 곧 아름다운 한 쌍의 보석처럼 빛을 발했다.

"주군인가요……?"

"그래. 화용군이다."

"아아……."

야조는 눈을 깜빡거리면서 자신을 굽어보고 있는 화용군을 똑똑히 보려고 애를 썼다. 하지만 그녀에겐 그저 검게만 보일 뿐이다.

"아… 이게 꿈인가요… 아니면… 감태정이 나를 희롱하고 있는 것인가요……."

"아니다. 내가 널 구하러 왔다."

화용군은 그녀의 냄새나는 더러운 얼굴을 쓰다듬었다. 그녀가 자신 때문에 이런 생고생을 하고 있었다는 생각을 하자 심장을 쥐어짜는 것처럼 미안하고 괴로웠다.

"무애는 어디에 있느냐?"

"지단주는……."

야조는 손을 들어 화용군의 얼굴을 만지면서 말끝을 흐렸다가 다시 힘없는 목소리로 말했다.

"데려갔어요……."

"어디로 말이냐?"

"모르겠어요……."

"언제 무애를 데려갔느냐?"

"…모르겠어요… 죄송해요……."

야조는 그게 자기 탓인 양 눈물을 흘리기 시작했다. 하지만 그건 절대로 그녀의 잘못이 아니다. 이렇게 다 죽어가는 짐승 같은 상태에서 무애가 언제 어디로 끌려갔는지 분간을 할 만한 정신이 있었겠는가.

그는 야조를 들쳐 업고는 철문 밖으로 나와 다음 철문들을 계속 열고 안을 확인하면서 나아갔다.

철컹―

그러다가 맨 마지막 뇌옥의 철문을 열었을 때 그는 여태까지와는 다른 광경을 보게 되었다.

한 명의 사내가 한쪽 벽에 서 있으며 두 팔을 활짝 벌린 상태에서 쇠사슬로 두 손목이 묶여 있었다.

장발이 얼굴을 뒤덮고 있어서 용모를 확인할 수는 없지만 전체적인 몸의 체형은 곽림과 비슷해서 화용군은 이끌리듯 안으로 들어갔다.

장발 사내는 자는 건지 혼절했는지 고개를 푹 숙이고 사지를 늘어뜨린 모습이다.

슥—

화용군은 장발 사내의 얼굴을 덮은 머리카락을 쓸어 올리고 용모를 확인해 봤더니 살이라곤 없어서 해골 같은 모습이지만 곽림이 분명했다.

화용군은 야차도를 꺼내 공력을 일으켜 곽림의 손목에 채워진 수갑(手匣) 속으로 집어넣고는 바깥쪽으로 힘껏 당겨 끊어버렸다.

껑—

그러고는 힘없이 쓰러지려는 곽림의 허리를 팔로 안고 바람처럼 뇌옥 밖으로 나갔다.

뇌옥 밖을 경계하고 있던 반옥정은 화용군이 데리고 나온 두 명을 재빨리 훑어보고는 그들이 야조와 곽림이라는 사실을 확인했다.

무애가 보이지 않았으나 반옥정은 묻지 않고 그에게서 야조를 받아서 안았다.

"비……."

야조는 반옥정의 품에서 그녀를 보며 비 오듯이 눈물을 흘리면서 반가워했다.

야조는 반옥정보다 두 살 어리지만 언니라고 부르지 않고 친구로 대했었다.

휘익―

두 사람은 각자 한 사람씩 데리고 한쪽 방향으로 빛처럼 쏘아갔다.

백학무숙 바깥 은밀한 곳에는 방방이 대기하고 있는데 그에게 야조와 곽림을 맡기려는 것이다.

백학선우 감태정이 백학무숙 어디에 묵고 있는지에 대한 정확한 정보는 없다.

거기에 대해서는 방방도 확답을 주지 못하고 그저 선우각이 감태정의 거처이므로 거기에 있을 것이라고만 말했다.

화용군은 지난번 선우각에 잠입했을 때 당했었던 쓰라린 경험이 있다.

지금 그런 상황이 닥친다면 그때처럼 호락호락 당하지는 않겠지만 그래도 그때의 전철을 또다시 밟는 것은 어리석은 짓이다.

그래서 이번에는 선우각의 맨 위층인 삼 층으로 곧장 잠입하기로 했다.

화용군과 반옥정에게 선우각의 무사나 고수들을 능히 상

대할 능력이 있다고 해도 일부러 그들하고 부딪치는 것은 상식 이하의 객기다.

삭—

화용군은 삼 층 어느 방의 창을 열고 안으로 스며들었다.

그가 짐작하기로는 선우각 삼 층에 감태정을 비롯한 가족이나 핵심 인물들이 기거하고 있을 것 같았다.

그가 잠입한 방은 보통 방의 서너 배에 달하는 크기이며 내부가 매우 화려해서 감태정이나 그에 버금가는 인물의 방인 듯했다.

그가 내부를 빠르게 훑어보면서 침상 쪽으로 미끄러져 갈 때 뒤따라서 반옥정이 창으로 들어왔다.

바닥까지 길게 드리워진 얇은 휘장 너머로 두 사람이 침상에서 자고 있는 모습이 내비쳤다.

휘장을 젖히고 들여다보니 일남일녀가 이불을 덮은 채 뒤엉켜서 자고 있는데 이불 밖으로 드러난 어깨와 허벅지를 보니 벌거벗은 것 같다. 아마도 한바탕 정사를 즐긴 후에 잠든 모양이다.

화용군의 시선이 여자의 얼굴에 고정됐으며 그녀의 얼굴은 눈에 익었다.

이 년 전에 그가 감태정에게 가슴을 깊고도 길게 베였을 때 감태정은 옆에 서 있는 이 여자의 어깨에서 검을 빌렸었다. 그로 미루어 이 여자는 감태정의 측근이 분명하다. 사실 그녀는 감태정의 최측근인 좌사범 자군이다.

[계집을 제압해라.]

화용군은 뒤따라온 반옥정에게 명령하고 나서 문을 열고 밖으로 나갔다.

문 밖은 복도가 좌우로 뻗어 있으며 왼쪽 복도는 천천히 안쪽으로 구부러졌고, 오른쪽 복도 저만치에 문이 보여서 그는 그쪽으로 기척 없이 다가갔다.

자각…….

문을 여는데 극히 미세한 소리가 났다. 그가 아무리 고강해도 추호의 기척도 내지 않고 문을 열 수는 없는 일이다. 그것은 순전히 문에 달려 있는 문제다. 아무런 기척도 없이 열리는 문이 있는가 하면 소리를 내면서 열리는 문이 있기 때문이다. 즉 문의 특성이다.

스으…….

문을 열어놓은 상태로 문 안으로 쏘아 들어가며 재빨리 실내를 훑어보았다.

실내의 구조는 옆방하고 비슷했으며 가구의 배치나 분위기가 조금 다를 뿐이다.

그는 곧장 침상으로 쏘아갔다. 자정이 넘어 축시(새벽 2시)

가 되어가고 있는 시각이므로 별일이 없는 한 지금쯤 다들 자고 있을 터이다.

그렇지만 방금 문을 여는 소리가 미약하게 났으므로 자다가 깼을 수도 있다.

그렇다고 해도 워낙 짧은 시각이므로 잠에서 깨어 눈을 뜨는 것이 고작일 것이다.

휘장 너머 침상에서 나란히 자고 있는 두 사람의 모습이 휘장을 통해서 보였으며, 그중 남자로 보이는 자의 심장이 급하게 뛰는 것이 감지됐다.

그로 미루어 그는 방금 전 문소리에 깬 것이 분명하고, 그러면서도 일어나지 않고 그대로 누워 있는 것을 보면 자고 있는 척하다가 급습하려는 속셈인 듯하다.

사아…….

쌕!

그가 휘장을 젖히고 진입하는 순간 아니나 다를까 침상 안쪽에 누워 있던 사내가 누워 있는 자세에서 벼락같이 상체를 일으키며 화용군에게 검을 찔러왔다.

화용군은 휘장 안의 상황을 예의 주의 깊게 살피면서 접근했기 때문에 추호도 동요하지 않았으며 또한 사내의 검을 피하지도 않고 오른손을 슬쩍 앞으로 내밀었다.

슝—

퍽!

"끅!"

그의 오른손 소매 안에서 야차도가 번갯불처럼 쏘아 나가 사내의 콧등에 꽂히고 그자가 답답한 신음을 흘리며 상체가 뒤로 벌렁 자빠졌다.

사내가 뻗은 검은 화용군의 몸에 두 뼘이나 못 미쳤다가 사내가 뒤로 퉁겨지는 바람에 다시 거두어졌다.

슷—

화용군은 손목을 슬쩍 흔들어서 회수한 야차도에 묻은 피를 이불에 닦고 소매 안에 갈무리했다.

예전에 팔에 차고 다니던 가죽은 버렸으며 지금은 손목에 특수한 수탁(手鐲:팔찌)을 차고 있다.

수탁에는 천심강사를 감을 수가 있으며 손목 쪽에는 야차도의 도첨을 고정시킬 수 있는 마개가 부착되었는데 평소에 야차도를 거기에 꽂아놓으면 난리를 피우지 않는 한 뽑히지 않는다.

물론 그는 야차도를 탈착(脫着)하는 것이 호흡을 하는 것만큼이나 자유롭다.

"음……."

그때 사내와 함께 자고 있던 여자가 방금 전의 소리 때문인지 잠에서 깨어나려고 하다가 화용군이 혼혈을 누르자 다시 깊은 잠에 빠져들었다.

화용군은 뒤로 벌렁 자빠져 콧등에서 콸콸 피를 쏟고 있는 사내를 물끄러미 쳐다보았다.

그의 기억이 맞다면 사내는 백학무숙의 우사범 조등이라는 인물이 틀림없다.

이 년 전 조등은 화용군이 한밤중에 백학무숙에 침입하여 함부로 살인을 저지른다면서 그를 엄하게 꾸짖었었다.

화용군은 조등이 완전히 숨이 끊어진 것을 확인하고 밖으로 나갔다.

조등의 방에서 오른쪽 복도로 조금 더 나아가니 하나의 문이 있고 거기에서 오륙 장 거리에 또 하나의 문이 있다.

화용군은 문을 열지 않고 문밖에 서서 청력을 돋우어 안의 상황을 살펴보았다.

잠시 후에 그는 두 번째 문밖에서 똑같이 안의 동정을 살피다가 그곳을 지나쳤다.

두 개의 문 안에는 최소한 삼사십 명의 무사 혹은 고수들이 자고 있는 숨소리가 감지되었다.

정신이 어떻게 되지 않고서야 그들을 일부러 깨울 필요는 없기에 화용군은 그곳을 지나쳐 나아갔다.

복도 끝에 아래층으로 내려가는 계단이 있으며 그곳을 지키는 무사는 없었다.

그는 계단을 지나 왼쪽 복도로 계속 걸어가다가 조금 전처럼 두 개의 문을 발견했다.

그 안에도 무사들이 있는 것 같아서 문 밖에서 기척을 살펴보니까 역시 두 개의 문 안쪽에 삼사십 명이 자고 있는 것이 감지됐다.

이 년 전에 선우각에 잠입했을 때에는 양쪽 복도 네 개 방에 있는 이 무사들이 쏟아져 나와 화용군을 궁지에 빠뜨렸었다.

그는 그곳을 지나쳐서 복도를 십여 장쯤 가다가 또다시 하나의 문을 발견했다.

문의 좌우에 벽이 길게 이어져 있어서 그는 이곳이 매우 크며 그래서 이 방이 감태정의 거처일 가능성이 크다고 판단했다.

그는 조심을 기해서 천천히 문을 열었다. 지난번 잠입 때는 계단에 장치해 놓은 줄을 건드려서 종이 울리는 바람에 발각됐었다.

어쩌면 지금 열고 있는 문에도 종 같은 것이 달려 있을 수도 있지만 문을 열지 않을 것이면 모를까 열려면 어쩔 도리가 없다.

종이 울리면 한바탕 혈전을 벌여야 하지만 그게 무서워서 마지막 남은 이 방만 남겨두고 그냥 지나치는 것은 말이 되지 않는다. 더구나 이 방은 감태정의 거처일 가능성이 가장 높지 않은가.

사아아…….

아주 미약한 미풍이 옷자락을 날리는 듯한 소리가 나면서 문이 열리고 화용군은 안으로 빨려 들어갔다. 염려했던 종소리나 그와 비슷한 장치는 없었다.

이 방은 그가 예상했던 것보다 훨씬 더 크고 화려했다. 그가 들어선 곳은 객청(客廳:거실)인 듯한데 조금 전에 갔었던 조등의 방보다 두 배는 더 큰 것 같았다.

객청 양쪽에 문이 있으며 문에서 문까지의 거리가 십여 장에 달했다.

그는 일단 왼쪽 문으로 미끄러져 갔다.

크르르…….

그런데 방금 지나친 객청의 안쪽에서 공기를 흔드는 낮은 울림이 흘러나오자 그는 흠칫 하며 급히 쳐다보았다.

크르렁! 크앙!

순간 시커멓고 커다란 두 개의 물체가 허공을 가로질러 그에게 맹렬히 덮쳐 왔다.

그것은 한 쌍의 흑표(黑豹)이며 크기가 자그마치 웬만한 송아지 정도로 거대했다.

두 눈에서 불을 뿜는 것 같았고 쩍 벌린 입안에 박혀 있는 이빨들이 창처럼 날카로웠다.

저기에 한 번 물리기만 하면 살점은 물론이고 뼈마저 박살 날 것이 분명하다.

키잉—

한순간 새파란 빛이 캄캄한 실내에 하나의 원을 그리고는 착각처럼 사라졌다.

깩! 컹!

두 마디 답답한 소리에 이어 두 마리 흑표가 바닥을 울리면서 묵직하게 떨어졌다.

화용군이 왼손으로 검을 뽑아 흑표 두 마리의 정수리를 쪼개고 검을 검실에 꽂을 때 반옥정이 백학무숙 좌사범 자군을 옆구리에 끼고 들어왔다.

"무슨 일입니까?"

그러나 그녀는 바닥에 쓰러져서 거구를 부들부들 떨고 있는 두 마리 흑표를 보고는 어떻게 된 일인지 짐작했다.

화용군은 반옥정에게 객청 오른쪽 문을 턱으로 가리키고 자신은 왼쪽 문으로 쏘아갔다.

흑표 두 마리를 죽이는 바람에 큰 소리를 냈으므로 자고 있는 무사들이 깨어나서 들이닥칠 테니 조심을 기하는 것은 여기까지다.

왈칵!

그는 왼쪽 문을 거칠게 열면서 급습에 대비하여 슬쩍 몸을 옆으로 비켰다.

쌔액! 쌕!

아니나 다를까 날카로운 파공음과 함께 두 자루 검이 안쪽에서 문 밖으로 쏘아졌다.

미리 피했기에 두 자루 검을 간단하게 피한 화용군은 검을 찌르는 자세를 취하면서 문 밖으로 튀어 나오고 있는 잠옷 차림의 청년 두 명을 향해 측면에서 왼손의 검을 가볍게 그어댔다.

키잉—

파아—

"큭!"

"끅!"

쏘아 나오던 두 청년은 똑같이 목이 뎅겅 잘라지면서 답답한 소리를 냈다.

화용군은 그들이 바닥에 쓰러지기도 전에 문 안쪽으로 바람처럼 쏘아들었다.

그곳은 매우 넓었으며 한쪽에 두 개의 침상이 있는데 이불이 침상 아래에 흩어져 있는 것으로 미루어 방금 전에 죽은 두 청년이 자던 곳인 듯했다.

그때 그 너머의 또 하나의 문이 열리면서 잠옷 차림을 한

세 명이 하나같이 검을 쥐고 쏟아져 나와 곧장 화용군에게 마주쳐 왔다.

그들 중에 두 명은 청년이고 한 명은 십육칠 세 남짓의 소년인데 검을 쓰는 실력이 보통이 아니다. 문에서 나오자마자 세 방향으로 갈라지는가 싶더니 날카로운 초식으로 화용군을 합공했다.

화용군은 두 청년을 향해 먼저 검을 떨쳤다.

키앙—

그의 몸은 무당십대검법을 완벽하게 기억했고 또 숙달했으므로 어떤 상황에 처하게 되면 그 상황에 가장 알맞은 초식이 저절로 발휘된다.

그러므로 지금 이런 상황에는 어떤 초식이나 변화를 써야 하는지 머리로 굳이 생각하지 않아도 된다.

파아—

그의 검은 두 청년의 목을 수평으로 긋고 반 바퀴 돌아 소년의 왼쪽 가슴을 찔렀다.

"끄윽!"

소년의 검은 화용군을 향해 위에서 아래로 비스듬히 그어 내리는 중에 정지했다.

"끄으… 어째서……"

소년이 얼굴을 일그러뜨리며 고통스러운 표정을 짓는 것

을 보며 화용군이 중얼거리듯 물었다.

"감태정이 너에게 무엇이냐?"

"하… 할아버지다……."

춧—

화용군은 검을 뽑았다.

"그것만으로 너는 죽어 마땅하다."

그는 왼손에 검을 쥔 채 문 안쪽으로 들어가서 살폈으나 아무도 없었다.

그가 진입한 객청 왼쪽에는 두 개의 큰 방이 있으며 그곳에서 도합 다섯 명의 청년 혹은 소년이 튀어나왔는데 모두 그에게 죽었다.

그가 다시 객청으로 돌아왔을 때 오른쪽 문에서 반옥정이 나오다가 마주쳤다.

"감태정의 손녀가 네 명인데 모두 죽였습니다."

객청을 중심으로 왼쪽에는 손자들이, 오른쪽에는 손녀들이 기거하는 곳이었나 보다.

반옥정이 객청 바닥에 내려놓았던 마혈을 제압한 자군을 들어 올리는데 문 밖의 동정을 살피던 화용군이 말했다.

"몰려온다."

탁!

그는 문을 닫고 창으로 향했다.

"가자."

감태정이 없는데 이곳에 더 머물 이유가 없기에 그만 물러가려는 것이다.

퍽!

두 사람은 선우각 삼 층의 창을 뚫고 아래로 쏘아 내렸다.

우지끈!

문이 부서지고 수십 명의 무사, 고수들이 객청으로 쏟아져 들어올 때쯤 화용군과 반옥정은 선우각에서 백여 장 이상 벗어난 상태다.

제38장

―――

유유상종

　대명호에서 흘러나온 물줄기, 즉 운하 중에 한 줄기는 북쪽으로 십오 리쯤 흘러갔다가 황대교(黃臺橋)에서 황하로 흘러든다.

　이 물줄기에는 낮에 많은 배들이 다니지만 인시(寅時:새벽 4시)가 돼가고 있는 지금은 조그만 배 한 척만 밤바람에 무심히 흘러가고 있다.

　그 배의 후미에서 개방 제자 한 명이 졸린 눈을 비비면서 배를 몰고 있으며, 가운데 쳐 있는 움막 안에 몇 사람이 들어앉아 있다.

움막 안쪽 바닥에는 야조와 곽림이 나란히 눕혀져 있고 그 옆에서 화용군과 반옥정이 각기 돌보고 있다.

그리고 움막 입구 쪽에 백학무숙 좌사범 자군이 마혈이 제압되어 여전히 나신으로 아무렇게나 처박혀 있으며, 방방은 중간에 앉은 모습이다.

야조는 반옥정하고 조금씩 대화를 하고 있으며, 화용군은 아직 깨어나지 못하고 있는 곽림의 가슴에 손바닥을 대고 부드러운 진기를 주입하고 있다.

이 년 전, 무애와 야조는 반옥정이 화용군을 업고 도망친 후에 감태정을 비롯한 백학검사들과 치열하게 싸우다가 부상을 당하여 제압됐었다.

그 당시에 그녀들은 화용군이 무사히 도망치기만 한다면 자신들은 죽어도 좋다는 희생정신으로 똘똘 뭉쳐 있었으며 또한 그만큼 처절한 심정이었다.

할 수만 있다면 살아서 숨을 쉬며 화용군과 함께 이 세상의 좋은 것들을 두루 향유하는 것이 더 좋겠지만, 그럴 수 없다면 그를 위해 목숨을 바쳐도 아깝지 않았었다.

그랬었던 그녀들은 중상을 입은 채 제압됐으며 말로는 이루 설명할 수 없을 정도의 고초를 겪으면서 지금까지 끈질기게 목숨을 이어왔다.

뼈에 가죽만 입혀놓은 것 같은 피골상접의 곽림은 화용군이 꾸준히 진기를 주입하는 데도 깨어날 줄을 몰랐다.

야조의 말에 의하면 곽림 역시 그녀들처럼 화용군이 어디에 있는지에 대해서 고문을 당했다고 한다.

그 증거로 야조처럼 곽림도 온몸에 셀 수도 없을 정도로 많은 채찍 자국과 불에 달군 인두로 지진 흔적들이 뚜렷이 남아 있다.

"그만하십시오."

반옥정이 말하는데도 화용군은 듣지 못한 듯 계속 손바닥을 곽림의 가슴에 붙이고 있다.

그의 망막에는 어젯밤에 보았던 임청과 딸 곽영의 모습이 선연하게 남아 있다.

만약 곽림이 건강한 모습으로 아내와 딸에게 돌아간다면 그녀들에게 그보다 기쁜 일이 어디에 있을 것이며, 화용군 역시 곽림과 그의 가족에 대해서 어느 정도 마음의 짐을 덜 수 있을 것이다.

슥—

"그만하라니까요."

반옥정이 화용군의 팔을 잡아당겨 곽림의 가슴에서 강제로 손바닥을 떼어냈다.

그런데 화용군은 뭐라하지 않고 그녀를 한 번 슬쩍 보더니 잠자코 있었다.

그녀의 말이 맞다. 곽림을 데리고 나온 이후 한 시진 가까이 진기를 주입했는데도 깨어나지 않는다면 별 소용이 없다는 뜻이다.

그렇지만 야조와 방방은 적잖이 놀란 표정을 지었다. 반옥정이 화용군에게 강하게 대하는데도 그가 묵묵히 따라주었기 때문이다.

특히 방방은 화용군의 부러질지언정 휘지 않는 강골 성격을 잘 알고 있는 터라서 그가 반옥정의 말에 고분고분하다는 사실에 더 놀랐다.

그리고 지난 이 년여 동안 두 사람 사이에 무슨 일이 있었는지 몹시 궁금해졌다.

"어디로 가는 것인가?"

화용군이 이제야 생각난 듯이 방방에게 묻자 그는 움막 밖의 개방 제자에게 물었다.

"상개(常丐)야, 어디로 가느냐?"

"모르겠습니다."

방방의 심복 똘마니인 십팔 세 백의개 상개의 대답이 들려왔다.

방방은 화용군에게 어깨를 으쓱해 보였다.

"그렇다는데?"

선우각을 그 지경으로 만들어놨으니 야조와 곽림을 제남

성내에 숨긴다는 것은 위험천만한 일이다.

그렇다고 백학무숙에 볼일이 끝난 것도 아닌데 너무 멀리 가는 것은 불편하다.

그렇다면 지금 목적지도 없이 정처 없이 나룻배를 몰고 있다는 뜻이다.

그나마 대명호에 방방이 구한 이 나룻배가 대기하고 있었기에 화용군과 반옥정은 고생을 면했다.

"지금 가는 곳은 어느 쪽인가?"

"어느 쪽이냐?"

"북쪽인데 황대교에 다 와갑니다."

방방은 두 팔을 목 뒤로 돌려서 잡고 쓰러지듯이 누우며 너스레를 떨었다.

"숨어 있기는 기루가 좋지. 돈만 있다면야."

화용군에게는 기루에 대한 매우 나쁜 기억이 있지만 지금은 이것저것 가릴 때가 아니다.

더구나 지난 이 년 전에만 해도 무애를 만나러 제 발로 황하유가의 일홍각에 찾아갔었지 않았는가. 방방 말대로 당분간 숨어 있기는 기루가 최적이다.

방방은 화용군이 침묵하는 것을 보고는 움막 밖의 개방 제자에게 명령했다.

"황하유가의 적당한 곳으로 가자."

화용군은 문득 생각나서 물었다.

"일홍각은 어떻게 됐나?"

이 년 전에 일홍각의 각주는 무애였으며 그녀는 또한 혈명단 제남지단주였기도 했었다.

그녀와 야조, 반옥정이 없는 동안 일홍각이 그동안 어떻게 됐는지 궁금했다. 화용군만이 아니라 야조와 반옥정도 방방을 쳐다보았다.

방방은 목뒤로 팔베개를 하고 눕다가 뒤쪽에 있는 물체를 베고 편안한 자세를 취하며 다리까지 꼬았다.

"자네가 없는 동안 황하유가가 완전히 재정비됐다네."

방방은 고개를 흔들었다.

"아니, 황하유가뿐만이 아니라 제남의 상계(商界) 전체가 자리바꿈을 했어."

화용군은 단지 일홍각이 어찌 됐는지 궁금했을 뿐인데 방방의 설명이 점점 길어지는 것 같아서 귀찮은 생각이 들었으나 잠자코 들었다. 이 년 전에 비해서 그는 참을성이 더 깊어진 상태다.

"기존 제남 성내의 상권은 크게 세 군데 상단(商團)이 나누어 장악해서 제남삼상(濟南三商)이라고 불렀으나 현재는 두 개로 줄었네. 그것도 칠 대 삼의 비율일세."

화용군은 듣는 둥 마는 둥 하면서 손을 뻗어 야조의 머리카락을 쓰다듬었다.

그녀의 머리카락은 꿀을 바른 것처럼 떡이 져서 끈적거렸
으나 개의치 않았다.

"굴러 들어온 돌이 박혀 있는 돌을 빼낸 거지. 용군단(龍君
團)이라는 듣도 보도 못한 상단이 치고 들어와 일 년도 못 되
는 사이에 제남상권 칠 할을 장악했다면 말 다한 거지, 안 그
런가?"

"용군단?"

"어… 그리고 보니까 '용군단'의 용군은 자네 본명 아닌
가? 이런 우연의 일치가 있나."

화용군은 문득 떠오르는 것이 하나 있다. 일전에 그는 '애
새아비아탈취사건'의 배후인물인 남천문 소문주이며 승명왕
자인 주고후를 죽이는 과정에 애새아비아에서 싣고 온 보석
상자 열 개의 행방을 알아낸 적이 있었다.

그는 그때 열 개의 보석상자가 감춰져 있는 곳을 항주 자봉
각의 각주이며 과거 청룡전 전주의 딸이었던 한련에게 가르
쳐 주면서 보석상자들을 다 가지라고 말했었다.

그랬더니 한련은 보석상자의 주인인 그의 이름 '용군'을
자신의 상호(商號)로 사용할 것이라고 양해를 구했었다. 왜
그러느냐고 물었더니 보석상자의 주인이 그이기 때문이라는
대답이 돌아왔다.

그렇기는 하지만 지금 방방이 얘기하고 있는 '용군단' 이 한련이 사용하겠다고 말한 '용군' 의 상호인지는 확신할 수 없는 일이다.

"어쨌든 용군단은 황하유가까지도 거의 장악해 버렸네. 거의 불가사의라고 할 수 있지. 황하유가에는 일류에서 삼류까지 백오십육 개의 기루가 있는데 그중에 칠십여 개가 용군단 소유라네. 물론 예전 일홍각도 용군단이 접수했네."

그러고는 침묵이 흘렀다. 화용군은 야조가 자신을 말끄러미 바라보는 것을 보고는 그녀를 안아서 자신의 허벅지에 마주 보는 자세로 앉혔다.

야조는 더럽기 짝이 없는 자신을 그가 서슴없이 안아준 것이 너무도 기쁜지 눈물을 글썽이면서 그의 가슴에 뺨을 대고 눈을 감았다.

그렇지만 사실 화용군은 야조가 느끼는 그런 감정을 그 자신은 느끼지 못하고 있다.

만약 이 년 전 일홍각에서 만취 상태에서 무애와 야조와 셋이서 정사를 했을 때 정신을 잃지 않았더라면 지금보다는 훨씬 더 그녀들을 소중한 존재로 여길 것이다.

그렇지만 그때 제정신이었다면 그녀들과 정사를 하는 일은 벌어지지 않았을 터이다.

그러나 그때의 일이 추호도 기억나지 않는 상태에서 단지 반옥정의 말만 듣고 자신이 무애와 야조하고 정사를 했었다는 사실만으로는 그녀들을 가슴으로 받아들이지 못하고 있는 게 지금의 현실이다.

"황하유가입니다."

움막 밖에서 개방 제자 상개의 목소리가 들리자 방방이 누운 채 게슴츠레한 눈으로 화용군에게 물었다.

"그런데 자네 기루에 들어갈 돈 있나?"

품속을 더듬던 화용군의 손에 주머니가 잡혔다. 나운향이 이 년 동안 구리돈 한 푼 두 푼 아껴서 모은 은자 열 냥이 들어 있는 주머니다. 현재는 그것뿐이다.

구주무관 죽림에 가서 감춰두었던 전표를 가져다가 태화전장에서 돈을 찾아야 하는데 그럴 겨를이 없었다.

방방은 화용군이 품속에 손을 넣은 채 아무 말도 하지 않자 머리를 약간 들면서 뜨악한 표정을 지었다.

"돈 없나?"

그러다가 그는 뒷머리에 물컹! 하는 느낌을 받고는 의아한 얼굴로 뒤돌아보았다.

순간 그는 자신이 여태껏 베고 있던 것이 벌거벗은 채 마혈이 제압되어 쓰러져 있던 자군의 젖가슴이었다는 사실을 깨닫고 소스라치게 놀라 후다닥 일어나 앉았다.

"으엑?"

묘시(卯時:새벽 6경)가 되어가고 있는 황하유가는 쥐 죽은 듯이 고요했다.

"어떻게 하지?"

일단 여기까지 왔기 때문에 강가에 나룻배를 대고 황하유가 거리로 나선 화용군 일행이 여기저기 두리번거리고 있는데 방방이 난감한 표정으로 중얼거렸다.

황하유가의 기루에서 술을 마시든지 기녀와 흐벅지게 놀든지 간에 방 하나를 빌리려면 돈이 얼마나 필요한지 정확하게 모르지만 최소한 은자 열 냥보다는 많을 것이라는 게 방방의 의견이다.

날도 아직 추운데 길바닥이나 숲 속에서 야조와 곽림을 돌볼 수는 없는 노릇이다.

"용군단 소유 기루가 어느 것인가?"

야조를 업은 화용군은 일단 걸음을 옮기면서 물었다.

"물어보나마나 황하유가 제일기루인 무정루(無情樓)지. 그리 갈 텐가?"

화용군은 고개를 끄떡였다.

"앞장서게."

"무슨 일이오?"

지나치게 늦은 시각에 무정루의 문을 두드리자 잠시 후에 호위무사로 보이는 삼십 대 초반의 사내가 옆의 쪽문을 열고 나왔다.

화용군은 호위무사가 혹시 항주 자봉각에서 본 얼굴이 아닐까 기대했으나 생판 모르는 얼굴이다.

"이곳 기루의 주인이 누구요?"

"그건 왜 묻소?"

"혹시 이 기루가 한련이라는 여자의 소유요?"

"……."

단도직입적인 물음에 호위무사는 움찔하더니 대답을 하지 못하고 화용군의 얼굴을 자세히 뜯어보다가 착 가라앉은 목소리로 물었다.

"귀하의 이름이 무엇이오?"

화용군은 망설임 없이 대답했다.

"화용군이오."

"아……."

반옥정은 여차하면 단칼에 호위무사를 죽이려고 오른손으로 어깨의 검파를 잡았다.

제남 인근에서 화용군의 이름이 알려지면 화약을 지고 불로 뛰어드는 것이나 다를 바 없기 때문이다.

그런데 호위무사의 얼굴에 경악지색이 가득 떠오르더니

곧 태도가 공손하게 바뀌었다.

"실례지만 한련이라는 분에 대해서 알고 있는 것 하나만
더 말해줄 수 있겠소?"

화용군은 망설임 없이 대답했다.

"부친이 한형록이고 그녀 측근에는 황인강 황 숙이라는 사
람이 있소."

"그… 그만 됐습니다."

호위무사는 두 손을 내젓더니 즉시 옆으로 비켜서며 코가
땅에 닿을 정도로 허리를 굽혔다.

"안으로 드십시오, 총단주(總團主)."

화용군 등은 그가 어째서 '총단주'라고 부르는지 궁금했
으나 일단 따라서 들어갔다.

무정루는 황하유가 제일기루답게 규모가 어마어마했다.
십여 채의 크고 작은 건물이 늘어서 있는데, 화용군 일행은
강변 쪽의 아담한 별채로 안내되었다.

화용군 일행이 크고 넓으며 화려한 객청에 모여 서 있는데
밖에서 몇 사람이 급히 달려오는 소리가 나더니 잠시 후에 문
이 열리고 세 사람이 들어섰다.

그들 중에 한 명의 이십 대 중반의 여자가 몸가짐에 조심하
면서 화용군에게 다가오고, 삼십 대 중후반인 무사 복장의 두

명은 따라오다가 멈췄다.

중간쯤 키에 아래위 불타는 듯 빨간 옷에 긴 치마가 바닥에 끌리는 여자는 화용군 앞 세 걸음쯤에 멈추고 두 손을 앞에 모으고 몹시 긴장한 표정으로 물었다.

"화용군 화 상공이신가요?"

"그렇소."

한 송이 작약 꽃을 연상케 하는 여자는 얼굴에 떠오르려는 기쁜 표정을 애써 참으면서 다시 물었다.

"여긴 어떻게 알고 찾아오셨나요?"

"여기가 용군단 소유라고 들었소."

"그래서요?"

여자는 상대가 정말 화용군인지 다시 한 번 확인하려는 것 같았다.

"예전에 한련 낭자가 내 이름을 상호로 사용하겠다면서 빌려달라고 한 적이 있었소."

"틀림없어요!"

여자가 갑자기 손뼉을 치면서 환한 표정으로 외쳤다.

"정말로 화용군 총단주시군요……!"

여자는 뒤로 두 걸음 물러나서는 화용군을 향해 날아갈 듯이 큰 절을 올렸다.

"천첩 은지화(殷芝花) 총단주를 뵈어요."

그녀의 뒤에서 두 명의 무사도 무릎을 꿇고 이마를 바닥에 대며 부복했다.

야조는 하녀들의 도움을 받으면서 목욕을 하고 있으며, 곽림은 은지화가 부른 의원이 다른 방에서 치료를 하고 있는 중이다.

그리고 객청의 푹신한 호피의에는 화용군이 앉아 있고 뒤쪽에 반옥정과 방방이 서 있으며, 화용군 앞에 은지화가 다소곳이 서 있고 그녀 뒤에 두 명의 무사가 나란히 서 있다.

"앉으시오."

"천첩이 어찌 감히……."

화용군의 말에 은지화는 화들짝 놀라 손사래를 쳤다.

"내가 불편하니 앉아서 얘기합시다."

"그럼 천첩에게 하대를 하시면 앉겠어요."

은지화는 맹랑하게 조건을 달았다.

화용군은 고개를 끄떡였다.

"앉아라."

은지화는 배시시 엷은 미소를 지으며 뒤쪽의 무사가 정중하게 갖다 준 의자에 앉았다.

"천첩은 제남지역을 담당하고 있는 용군단 제남지단의 단주예요. 천첩의 거처를 이곳 무정루로 잡고는 있지만 무정루주는 따로 있어요."

화용군은 묵묵히 듣기만 했다.

반옥정과 방방은 전혀 예상하지 못했던 일 때문에 믿어지지 않을 정도로 놀랐다.

화용군이 용군단의 총단주라니 상상도 하지 못했던 일이다. 더구나 화용군조차도 놀라는 것을 보니까 그도 예상하지 못했던 일인 듯하다.

그러나 반옥정은 예의 무표정한 얼굴이고 방방만 크게 놀라서 오줌 마려운 강아지처럼 안절부절 못하고 있다.

"용군단은 이 년 전에 발족하여 북경에 총단(總團)을 두고 있으며, 현재는 북경을 비롯한 항주와 남경, 제남, 합비 다섯 개 도성(都城)을 중심으로 상권을 확장시키고 있어요. 머지않아서 상권을 천하 전역으로 넓힐 거예요. 모든 준비는 다 끝난 상태예요."

화용군은 그런 것에는 별로 관심이 없다.

"한련 낭자는 어디에 있소?"

"자세히는 모르지만 아마도 상단주(上團主)께선 북경총단에 계실 것 같아요."

"한련 낭자가 상단주요?"

"그래요. 총단주는 화 상공이시고……."

"나는 총단주를 하겠다고 허락한 적이 없소. 그리고 이런

건 금시초문이오."

그는 자신이 용군단의 총단주라는 사실을 그리 반가워하는 것 같지 않았다.

"그렇지만 화 상공께서 본단의 총단주라는 것은 움직일 수 없는 사실입니다."

화용군은 여기에서 은지화하고 왈가왈부 입씨름을 해봐야 소용이 없다고 생각했다.

일단 그에게 필요한 것은 제남에서 당분간 기거할 곳이고 그것을 용군단에서 얻을 수 있다면 그로써 다행이다.

한련이 열 개의 보석상자로 불과 이 년 동안에 이 정도로 대단한 상단을 일으켰을 줄은 예상도 하지 못했었다.

또한 그녀가 용군이라는 이름을 상호로 사용한다고 말했을 때 인사치레일 줄만 알았지 실제 사용할 줄은 전혀 기대하지 않았다.

그렇지만 화용군은 용군단 제남단주라는 은지화의 설명을 듣고 있으면서도 자신하고 용군단은 별 상관이 없다고 생각했다.

한련이 화용군 본인도 모르게 그를 총단주로 옹립했을 줄은 꿈에도 몰랐었다.

한련이 그를 잊지 않았다니 고마운 일이다. 하지만 단지 그것뿐이다. 총단주라는 지위는 아마도 명예직일 테고 실질적인 권한도 없겠지만 그렇게라도 마음을 써준 한련으로서는 예의를 다한 셈이다.

화용군이 묵게 된 별채는 이 층이며 그중 아래층 구석진 방에서 반옥정이 자군을 심문하고 있다. 그렇지만 그 방에서는 별다른 소리가 흘러나오지 않았다.

반옥정은 심문을 시작한 지 일각 만에 감태정과 무애가 어디에 있는지 알아냈다.

그뿐만 아니라 뜻하지 않은 수확 하나를 더 건졌는데 감태정과 혈명단의 관계에 대해서다.

잠깐 소변을 보러 측간에 갔다가 들어가고 있던 방방은 저만치 끝 방에서 반옥정이 나오는 것을 발견하고는 잠시 걸음을 멈추고 물끄러미 쳐다보았다.

반옥정은 일체 발걸음 소리를 내지 않고 똑바로 걸어오는데 왼쪽 어깨에 벌거벗은 자군을 메고 있으며 방방에겐 눈길도 주지 않았다.

슥—

반옥정이 스쳐 지나갈 때 방방이 얼핏 보니까 그녀의 어깨에 메고 있는 자군이 축 늘어져서 반옥정이 움직일 때마다 이리저리 흐느적거리는 모습인데 언뜻 보기에도 이미 죽은 것 같았다.

방방은 밖으로 나가는 반옥정을 이끌리듯이 따라 나갔다. 그렇지만 반옥정은 그가 따라오든 말든 개의치 않았다.

털썩—

반옥정은 별채 뒤로 가서 어깨에 메고 있던 자군을 바닥에 내던졌다.

아직 동이 트기 전의 캄캄한 새벽에 벌거벗은 자군의 나신 은 스스로 발광(發光)하듯 부윰한 모습이다.

"뭘 하려는 거요?"

죽은 자군을 바닥에 내던져 놓고 무엇을 하려는 것인지 궁 금함을 참지 못한 방방이 가까이 다가서며 물어도 반옥정은 들은 체도 하지 않고 횡하니 어딘가로 가버렸다.

방방은 그 자리에 혼자 우두커니 서서 자군을 굽어보다가 움찔 놀랐다.

자군의 몸은 마치 죽은 문어처럼 사지를 축 늘어뜨리고 있 는데, 자세히 보니까 팔다리와 목, 어깨 등 온몸의 힘줄이란 힘줄이 거의 모두 끊어져 있었다.

반옥정이 고문을 하면서 그런 모양이다. 그래서 자군의 몸 이 연체동물처럼 축 늘어진 것이다.

하지만 사인(死因)은 그게 아닌 것 같았으나 방방은 도대체 무슨 수법으로 자군을 죽였는지 아무리 들여다봐도 도통 알아낼 수가 없었다.

불과 어제까지만 해도 백학무숙의 제이인자인 좌사범의 자리에서 떵떵거리던 자군이지만 지금은 생명을 잃은 한 마리 문어 같은 모습일 뿐이다.

그녀는 백학선우 감태정의 넷째 아들과 혼인한 며느리로서 정작 감태정의 아들이나 손자들보다 더 강력한 권력을 휘둘렀었다.

백학무숙뿐만 아니라 대명제관 전체와 제남에서 그녀는 거의 여왕처럼 군림하고 있었다.

방방은 죽은 자군을 보고 있자니 문득 인생이 참으로 덧없다는 생각이 들었다.

아옹다옹 쥐어뜯으면서 살면 뭐하는가. 이런 식으로 죽어버리면 다 헛일인 것을 말이다.

방방은 인생이라든지 죽음에 대해서 한 번도 진지하게 생각해 본 적이 없었는데 지금 죽은 자군을 보면서 심정이 몹시 복잡해졌다.

더구나 죽은 자군의 모습이 매우 끔찍해서 더욱 그런 마음이 드는 것 같았다.

그때 반옥정이 돌아왔는데 손에 하나의 자그만 항아리를 들고 와서 그것을 자군의 몸에 뿌렸다.

쏴아아—

역한 기름 냄새가 확 끼쳐오자 방방이 움찔하는데 반옥정
이 다른 손에 들고 온 나뭇가지에 붙은 불을 자군에게 슬쩍
던졌다.

화르륵—

"우웃!"

자군의 몸에 불이 확 붙자 방방은 깜짝 놀라서 후다닥 뒤로
물러났다.

화르르— 타닥탁—

불길이 점차 거세어지고 오래지 않아서 시체가 타는 역한
냄새가 진동했다.

방방은 코와 입을 막으면서 급히 그 자리를 뜨는데, 반옥정
은 꼼짝도 하지 않고 그 자리에 서서 시체가 타는 것을 지켜
보았다.

방방은 멀찍이 떨어져서 그 광경을 보며 더욱 인생무상을
절감했다.

아울러 반옥정이 화용군에 버금갈 정도로 잔인무도한 성
격이라는 사실을 새삼 깨달았다.

"지단주는 혈명단의 요구에 의해서 그쪽으로 보내졌고 감
태정은 부인과 함께 남천문에 갔다고 합니다."

반옥정은 자군에게서 알아낸 사실을 화용군에게 정중히

보고했다.

"음."

화용군은 미간을 좁혔다. 무애는 혈명단 제남지단주라는 신분이었으므로 그녀가 백학무숙에 없다면 혈명단으로 보내졌을 것이라고 짐작은 했었다.

그런데 그게 사실로 드러나자 그는 착잡한 심정을 감추지 못했다.

무애가 백학무숙에 감금되어 있는 것이나 혈명단에 있는 것은 근본적으로 다르기 때문이다.

"속하는 혈명단 총단이 낙양에 있다는 것만 알고 있을 뿐 자세한 위치는 모릅니다."

실내에는 화용군과 방방이 탁자에 마주 보고 앉아 있으며, 반옥정 혼자 화용군 뒤에 서 있다.

"남천문에서 감태정 부부를 초대했다는데 자군이라는 년의 말에 의하면 남천문의 자금줄 중 하나가 백학무숙이라고 합니다."

방방이 고개를 절레절레 가로저었다.

"감태정 부부가 항주에 간 것을 어째서 본 방이 모르고 있었던 건지 모르겠네."

그는 손가락으로 탁자를 두드리며 심드렁한 표정으로 투덜거렸다.

"남천왕에게 자금을 대고 있었으니 오래지 않아서 남천왕이 황제가 되면 감태정은 살판나겠군."

화용군은 잠시 뭔가 골똘히 생각하다가 방방에게 물었다.

"자넨 개방 제남분타에서 어떤 위치인가?"

"난 작년에 부분타주가 됐네."

"감태정이 제남으로 돌아오는 것을 자네가 미리 알아낼 수 있겠나?"

"어쩌려는 건가?"

"미리 알게 되면 길목에서 놈을 칠 생각이야."

방방은 삽살개처럼 생긴 주둥이와 코를 쫑긋거렸다. 그가 긴장할 때면 자주 하는 버릇이다.

"음, 해보겠네."

감태정이 언제 백학무숙을 떠날지 모르고 있을 때와 돌아올 것을 미리 알고 대비하는 것은 전혀 다를 터이다.

한 가지는 분명해졌다. 감태정이 그토록 악착같이 돈을 긁어모으는 이유가 남천왕에게 자금을 대고 있었기 때문이라는 사실이다.

감태정은 제남의 제왕으로 군림하고 있는 것으로도 모자라서 더 큰 권세를 누리고 싶은 모양이다.

유유상종(類類相從)이라더니, 남천왕과 감태정, 원수는 원수끼리 어울리고 있었다.

이곳 별채의 침실은 이 층에 여러 개가 있으며, 화용군은 가장 큰 침실로 안내되었다.

그 방에는 하나의 휘장 안에 커다란 침상 두 개가 벽 옆에 일렬로 놓여 있었다.

이 방으로 들어온 사람은 화용군과 반옥정, 야조였으며, 화용군과 야조가 같은 침상을 쓰고 반옥정이 옆의 침상을 쓰기로 했다.

누가 그러자고 제안한 것이 아니라 반옥정이 그런 식으로 분위기를 조성했다.

화용군과 야조는 동침을 한 사이지만 반옥정은 그저 수하이기 때문이다.

밖에는 동이 트기 시작했다.

화용군과 야조는 침상에 나란히 누웠다. 그는 눈을 감고 잠을 청했으나 야조는 천장을 빤히 응시하며 기쁘면서도 설레는 표정을 짓고 있었다.

야조는 이 년여 동안 백학무숙 뇌옥에 감금되어 초창기에는 차라리 죽는 것이 나을 정도로 온갖 고문에 시달렸었다.

그리고 몇 달이 지난 후에 무공이 폐지됐으며, 그때부터는 극심한 허기와 외로움, 추위, 그리고 화용군에 대한 그리움으로 몸부림쳤었다.

그랬던 그녀가 마침내 꿈에서조차 그리워하던 화용군에 의해서 자유를 찾았으며 그의 곁에 이렇게 누웠는데 잠이 쉬이 올 리가 없다.

지금 야조는 화용군에게 뭘 바라고 있는 게 아니다. 그냥 아무런 말 아무런 행동 없이 이렇게 옆에 누워만 있어도 꿈을 꾸는 것만 같았다.

"조야."

그때 자는 줄 알았던 화용군이 나직이 야조를 불렀다.

"네?"

깜짝 놀란 야조는 움찔 몸을 떨며 대답했다.

"미안하구나."

그는 느닷없이 사과를 했다.

야조는 갑자기 누군가 가슴을 거세게 움켜잡은 것 같은 느낌을 받았다.

"뭐… 가요?"

"전부 다……."

야조는 두 눈을 깜빡거리면서 온몸에 힘을 잔뜩 주었다. 터져 나오려는 울음을 참으려는 것이다.

하도 못 먹어서 예전에 비해 체중이 절반에도 미치지 못할 것 같은 앙상한 모습의 그녀는 가련할 정도로 바들바들 떨다가 기어코 울음을 터뜨리고 말았다.

"으흑흑……!"

슥—

화용군은 팔을 뻗어 그녀에게 팔베개를 해주었다.

야조는 그를 향해 몸을 돌리면서 젓가락처럼 가느다란 팔로 그를 꼭 안고 흐느꼈다.

말로는 도저히 설명할 수 없는 이 년여 동안의 모진 고생이 그의 '미안하다'는 한마디에 스르르 다 녹아버렸다.

제39장

혈명십살(血命十殺)

당연한 일이지만 야조는 무공을 잃었다.

감태정이 필요에 의해서 죽이지 않고 살려서 뇌옥에 감금한 사람들은 하나같이 무공을 폐지시켰다.

그렇게 하면 매일같이 일일이 혈도를 제압하거나 쇠사슬에 묶어놓을 필요도 없으며 또 고분고분해지니까 고문을 하기에도 편하다.

몹시 피곤했던 터라서 정오가 다 됐을 때에야 화용군은 잠에서 깨어났다.

눈을 뜬 그는 옆에서 야조가 야윈 몸을 잔뜩 옹송그린 채 마치 거목에 새 한 마리가 붙은 것처럼 자신의 가슴을 꼭 안고 자고 있는 모습을 발견했다.

그는 잠시 물끄러미 그녀를 보다가 이윽고 조심스럽게 침상에서 내려와 야조를 잘 눕히고 이불을 덮어주었다.

[곽림이 깨어났습니다.]

그가 옷을 입고 있을 때 벌써 일어나서 기다리고 있던 반옥정의 전음이 들렸다.

[가자.]

척—

화용군과 반옥정이 방으로 들어서자 침상가에서 치료를 하고 있던 의원이 급히 일어섰다.

그리고 그 너머에 누워서 이쪽을 보며 크게 놀라고 있는 곽림의 모습이 보였다.

"아……."

조금 전에 깨어나서 아직 아무것도 모르고 있는 곽림은 문으로 들어서는 화용군을 발견하고 혼비백산하는 표정을 지었다.

그는 예전에 단 한 번 만났을 뿐인 화용군의 모습을 똑똑하게 본 적이 없었다.

화용군을 죽이러 온 혈명살수 홍문범을 수레에 싣고 제남 성내를 돌아다니고 있을 때 그를 처음 봤는데 그때는 방갓을 깊숙이 눌러쓴 모습이었다. 그때 곽림이 화용군에게서 느낀 것은 딱 두 가지였다.

신뢰할 수 있는 사람이라는 것과 저승사자나 야차처럼 무서운 고수라는 사실이었다.

곽림은 이 년 전에 비해서 훨씬 사내다워진 데다 수염까지 덥수룩하게 기른 화용군을 보는 순간 그가 강호 사범일 것이라고 직감했다.

"가… 강호 사범님……."

그는 상체를 일으키려고 버둥거리면서 화용군에게서 시선을 떼지 않았다.

그렇지만 버둥거리기만 할 뿐 몸이 말을 듣지 않아서 애를 태우는데 화용군이 다가와 그의 가슴을 지그시 누르며 담담하게 말했다.

"그냥 누워 있게."

"아아……."

그는 화용군의 굵은 저음의 목소리를 듣고서야 그가 강호 사범임을 확신했다.

많이 부드러워지기는 했지만 예전의 소름 끼치는 으스스한 목소리까지도 똑같았다.

그는 어느새 굵은 눈물을 흘리며 초췌하고 깡마른 얼굴에 감격의 표정을 떠올렸다.

"저를 구해주셨군요……."

"당연한 일이야."

"강호 사범님… 크흑……."

화용군은 그의 손을 잡았다.

"고생을 시켜서 미안하네."

곽림도 무공을 잃었지만 화용군은 거기에 대해서는 아무 말도 하지 않았다. 그래봐야 아픈 상처를 건드리는 꼴이니 좋을 게 없다.

화용군은 초로의 인정 많아 보이는 의원에게 물었다.

"어떻소?"

용군단에 소속된 의원은 화용군이 총단주라는 사실을 알기에 공손함이 극에 달하여 감히 허리를 펴지도 못했다.

"별달리 아픈 곳은 없으며 몸이 극도로 쇠약해진 상태라서 당분간 정양하면 좋아질 것 같습니다."

"잘 부탁하오."

"전력을 다하겠습니다."

곽림에게 이런 광경은 몹시 낯설었다. 더구나 그는 이 년여 동안 감금되어 있다가 자유의 몸이 되었기에 궁금한 것이 한둘이 아니다.

화용군이 조용히 말했다.

"나는 그저께 제남에 왔네."

"그러셨군요……."

"이제는 아무 걱정하지 말고 건강한 모습으로 가족을 만날 생각만 하게."

"가족……."

곽림의 얼굴에 부연 그리움이 떠올랐다.

"아내와 딸은 살아 있습니까?"

"잘 있네. 곧 만나게 될 게야."

화용군은 곽림을 조금 더 위로해 주고 방을 나왔다.

용군단 제남단주 은지화는 하녀들에게 명하여 별채 식당에 진수성찬 요리를 차리게 했다.

그야말로 상다리가 부러질 정도로 온갖 미주가효가 가득 차려진 식탁 앞에는 화용군 혼자 앉아 있다.

"둘 다 앉아라."

반옥정은 화용군 뒤에, 은지화는 시중을 들기 위해 옆에 서 있으며, 약간 떨어진 곳에 세 명의 잘 차려입은 하녀가 대기하고 있다.

화용군이 두 번 말하지 않는 성격이라는 것을 잘 아는 반옥정은 즉시 그의 앞 오른쪽에 앉으면서 은지화에게 냉랭하게 내뱉었다.

"주군께선 두 번 말씀하시지 않는다."

극도로 긴장하고 있는 은지화는 찍소리 하지 못하고 조심스럽게 그의 앞 왼쪽에 앉았다.

반옥정은 대기하고 있는 세 명의 하녀에게 손을 흔들어서 나가라는 손짓을 해 보였다.

화용군과 반옥정은 묵묵히 식사를 하는데, 은지화는 화용군을 챙기느라 제대로 식사를 못하고 있다.

"너나 먹어라."

반옥정이 쳐다보지도 않고 입안의 음식을 우물우물 씹으면서 중얼거리자 은지화는 뚝 멈추고 약간 머쓱해진 얼굴로 그녀를 쳐다보았다.

화용군은 뭔가 깊은 생각에 잠긴 얼굴로 식사를 하면서 입을 열었다.

"정아, 식사 후에 태화전장에 다녀오너라."

나운향 등에게 앞으로 안주할 기반을 마련해 주려는 의도로 돈을 찾아오라는 뜻이며 은지화에 대해서는 전혀 신경을 쓰지 않았다.

"얼마나 필요합니까?"

"운향과 곽림 가족이 안주하려면 얼마나 필요하겠느냐?"

"모릅니다."

반옥정은 딱 잘라서 말했다. 사실 그녀는 사람을 죽이는 것

말고는 세상물정에 대해서 아는 것이 거의 없다.

더구나 일반사람들이 살아가는 데 뭐가 필요하고 또 돈이 얼마나 드는지 알 리가 없다.

그때 은지화가 조심스럽게 화용군을 바라보며 끼어들었다.

"총단주, 무엇이든 천첩에게 명령하세요. 돈이 필요하시면 얼마든지 드리겠어요."

반옥정의 말투는 처마에 매달린 딱딱한 고드름이 뚝뚝 떨어지는 것 같은 데 반해서 은지화는 꽃잎이 향기를 흩뿌리면서 뺨에 떨어지는 것처럼 감미로웠다.

화용군은 딱 잘라서 말했다.

"너희들 돈은 내 것이 아니다."

너는 너고 나는 나다, 라는 식의 실로 정나미 떨어질 정도로 인정머리 없는 말투다.

은지화는 눈을 동그랗게 뜨며 놀라는 표정을 지었다. 그녀는 눈이 매우 깊으며, 보통 여자들보다 조금 더 크고 오뚝해서 매우 도도하게 보이는 코를 쫑긋거렸다.

"어째서 그런 말씀을 하시나요?"

"말 그대로다."

은지화는 이것만큼은 물러설 수 없다는 듯 조금 고집스러운 표정을 지었다.

"용군단의 대부분의 사람들은 모르고 있지만 북경, 제남, 남경, 항주, 합비를 담당하는 다섯 명의 단주, 즉 오단주들은 잘 알고 있어요."

그녀는 화용군이 대꾸할 가치도 없다는 듯 묵묵히 식사를 하는 모습을 보며 꼭 그를 이해시켜야겠다는 듯 도톰하고 새빨간 입술을 나불거렸다.

"상단주가 저희에게 말씀하시기를, 이 년 전에 총단주께서 상단주에게 사업에 필요한 자금을 주셨다는 거예요. 그런 일이 있었나요?"

화용군은 묵묵히 가만히 있었고, 그의 침묵은 은지화나 반옥정에게 긍정하는 것으로 받아들여졌다.

은지화는 조금 더 기가 살았다.

"용군단에는 현재 정식 인위(人位:직원)만 삼천오백여 명인데 상단주를 비롯한 다섯 명의 단주 이하 전 인위가 매달 충분한 녹봉을 받고 있어요."

이 대목에서 화용군은 식사를 멈추고 의아한 얼굴로 은지화를 쳐다보았다.

"한련 낭자도 녹봉을 받는다는 말이냐?"

"네. 상단주의 녹봉은 매달 은자 십만 냥이고 오단주(五團主)는 오만 냥씩이에요."

화용군이 어이없는 표정을 짓는 걸 본 은지화는 무슨 녹봉이 대체 그렇게 많으냐는 뜻으로 오해했다. 그래서 조금 과장된 몸짓을 하며 설명을 보탰다.

"총단주께선 용군단 제남지단의 월평균 전체 순수익이 얼마나 되는지 아세요?"

그녀는 화용군이 아무 말도 하지 않자 새하얀 손가락 두 개를 세워 보이며 말했다.

"금 이천만 냥이에요."

은자로 치면 십억 냥이니 용군단 제남지단 단독의 순수익으로는 가히 엄청난 금액이다.

은지화는 조금 흥분한 듯 주먹으로 제 손바닥을 두드리며 말을 이었다.

"매월 순수익 일 위인 북경은 금 오천만 냥이고, 이 위 항주가 삼천만 냥, 삼 위 남경 이천오백만 냥, 사 위가 저희 제남지단 이천만 냥, 그리고 꼴찌가 합비인데 그래도 금 천칠백만 냥의 순수익을 남겨요."

화용군이 아무리 하늘같은 총단주라고 해도 은지화는 여자로서의 특권, 즉 유혹적인 앙탈로 마무리를 했다.

"흥! 그렇게 벌어들이고 있는데 상단주와 저희들 단주의 녹봉은 결코 많은 게 아니에요. 저희들이 노력을 해서 그만큼 벌어들이기 때문이에요."

반옥정이 은지화에게 슬쩍 물었다.

"총단주 녹봉은 얼마냐?"

은지화는 살짝 어이없다는 표정을 지었다.

"주인의 녹봉을 하녀들이 챙겨 드려야 하나요?"

"무슨 뜻이냐?"

"굳이 녹봉이라고 한다면, 용군단에 소속된 삼천오백여 명의 인위의 녹봉을 제한 전 수익이 총단주의 녹봉이라고 할 수 있지요."

반옥정은 조금 놀란 듯하지만 대수롭지 않다는 듯 물었다.

"그게 얼마나 되느냐?"

돈이 탐나서가 아니라 순전히 궁금해서 물은 것이다.

"용군단 전체의 매월 순수익인 평균 금화 일억사천이백만 냥이 거의 고스란히 총단주의 몫이라고 보시면 돼요."

반옥정은 자신도 모르게 점점 얘기에 빠져들었다. 그녀는 금화 일억사천이백만 냥이 도대체 얼마나 되는지 가늠도 하지 못한다.

"인위들 녹봉은 제하지 않느냐?"

"상단주를 비롯한 저희 다섯 명의 단주와 삼천 명의 인위들 녹봉을 다 합쳐봐야 매월 은자 사십만 냥쯤 지출되고 있어요."

"은자 사십만 냥……."

용군단 전체 매월 순수익이 평균적으로 금화 일억사천이

백만 냥이라는데 전체 인위들 총 녹봉이 고작 은자 사십만 냥이라고 한다.

괜히 얘기에 빠져들었던 반옥정은 금화 일억사천이백만 냥이면 은자로 얼마인지 계산해 보려다가 골치가 아파서 고개를 흔들었다.

그러고는 자신이 쓸데없이 그런 걸 계산하고 있다는 사실을 깨닫고 실소를 머금었다.

"그렇게 해서 지금까지 총단주 몫으로 저축한 금액이… 얼마더라……"

은지화는 기억을 되살리려는 것인지 계산을 하려는 것인지 깊고 까만 눈을 깜빡거렸다.

"됐다."

화용군이 더 듣고 싶지 않다는 듯 손을 저었다.

"한말씀만 더 드리겠어요."

은지화가 고집을 부렸으나 섬섬옥수를 살랑살랑 흔들면서 교태를 부리는 터에 고집이라기보다는 귀엽고 예쁜 아양쯤으로 여겨졌다.

"매월 순수익은 북경총단으로 보내는데 현재 제남지단에 있는 여윳돈은 금 백만 냥쯤 돼요. 총단주께서 필요하시면 언제든 말씀만 하세요."

그녀는 마지막으로 못을 박았다.

"용군단의 상단주를 비롯하여 오단주와 전체 인위들은 만족할 만큼 충분한 녹봉을 받고 있어요. 그런 상황인데 총단주께서 스스로의 몫을 거절하신다는 것은 말이 안 돼요."

은지화의 설명은 설득력이 있었다. 그리고 그녀의 마지막 말이 화용군에게 여운을 남겼다.

용군단의 모든 사람이 불만 없는 만족할 만한 녹봉을 받고 있다는 말이다.

그러므로 화용군의 몫은 정당한 것이지 그들의 고혈을 짠 것이 아니라는 뜻이다.

말하자면 투자를 한 사람이 자신의 몫을 챙기는 것은 정당하다는 얘기다.

그는 예전에 한련에게 열 개의 보석상자를 주었을 때나 지금이나 마찬가지로 돈에는 욕심이 없지만 이런 상황에서까지 바보처럼 굴 수는 없는 노릇이다.

자기 돈인데도 불구하고 자기 돈이 아니라고 끝까지 우기는 것도 이상한 일이 아니겠는가.

"어떻게 하시겠어요?"

은지화는 '당신쯤은 천첩의 세 치 혀로 충분히 요리할 수 있어요' 라는 앙큼한 표정으로 화용군의 허리띠를 죄었다.

화용군은 졸지에 상상도 할 수 없을 만큼 어마어마한 부자가 됐으나 조금도 기쁘지 않은 얼굴로 고개를 가볍게 끄

떨었다.

"알았다."

그때 밖에서 어수선한 소리가 들렸다.

"어제 날 봤잖소? 나 방방이오. 친구 강호 사범을 만나러 왔소. 급한 일이오."

"허락 없이는 들어갈 수 없소."

방방의 다급한 목소리와 누군가 그를 제지하는 듯 완강한 목소리다.

은지화는 화용군이 가볍게 고개를 끄떡이는 것을 보고 밖에 대고 말했다.

"들여보내라."

잠시 후에 방방이 못마땅한 듯 씩씩거리면서 들어와 화용군에게 푸념을 늘어놓았다.

"자네 만나는 게 언제부터 이렇게 힘들어졌나? 다음부터는 미리 기별이라도 해주게."

"무슨 일인가?"

방방은 식탁에 그득 차려진 진수성찬을 보더니 방금 전에 당한 수모는 까맣게 잊고 군침을 흘리며 의자에 앉아 소매를 둥둥 걷었다.

"먹으면서 얘기하겠네."

늘 배가 고픈 그는 두 손을 사용하여 이것저것 닥치는 대로 입에 넣으면서 말했다.

"대명제관의 실종됐었던 관주 중에서 몇 명이 돌아왔다고 하네."

그는 술을 곁들여서 마셨다.

"그들은 목내이(木乃伊:미라) 같은 몰골로 자신들 무도관에 돌아왔는데 그들의 말에 의하면 지금까지 백학무숙 뇌옥에 갇혀 있었다더군."

화용군과 반옥정은 서로의 얼굴을 쳐다보았다. 두 사람은 어젯밤에 백학무숙 뇌옥에 잠입했다가 무애와 야조 등을 찾는 과정에서 뇌옥의 문을 다 열고는 야조와 곽림을 데리고 그냥 나왔었다.

그렇기 때문에 그 안에 갇혔던 사람들이 제 발로 걸어 나갔을 수도 있는 것이다.

가혹한 뇌옥 생활에서도 기력이 조금이라도 남아 있는 사람은 탈출했을 테고, 그러지 못한 사람은 그대로 뇌옥에 있거나 탈출하는 도중에 붙잡혔을 것이다.

방방은 다 안다는 듯 화용군을 보며 볼멘소리를 했다.

"자네가 한 짓이지?"

그는 화용군의 침묵을 시인으로 받아들이고 말을 이었다.

"실종됐었던 관주들이 백학무숙 뇌옥에 갇혀 있었던 것으로 드러났으니까 모르긴 해도 조만간 대명제관이 발칵 뒤집어질 거야."

방방은 볼이 미어터지도록 씹으면서 씹던 음식 찌꺼기를
뱉어내며 흥분했다.

*　　　*　　　*

늦은 오후.

먼 길을 온 듯한 다섯 명의 사내가 제남 성내 외곽의 어떤
문파(門派)의 전문을 두드렸다.

쿵쿵쿵—

생긴 지 이 년도 채 되지 않는 신생문파 창천문(蒼天門)의
전문이 잠시 후에 열리고 한 명의 무사가 전문 밖에 서 있는
다섯 사내에게 물었다.

"무슨 일이오?"

다섯 명의 사내는 하나같이 커다란 방갓을 쓰고 흑의 단삼
을 입었으며 어깨에는 한 자루씩의 검을 멘 모습인데 그중 한
명이 중얼거리듯 말했다.

"낙양에서 왔다."

무사는 흠칫 놀라더니 급히 옆으로 비켜서며 정중하게 허
리를 굽혔다.

"어서 안으로 드십시오."

잠시 후에 다섯 사내는 창천문 내전 깊숙한 곳에서 창천문주를 만났다.

"먼 길에 노고가 많았소."

"화용군이 있는 곳은 알아냈소?"

창천문주가 예의를 갖춰 말하는데 다섯 사내 중에 눈썹이 짙고 매우 영준하게 생긴 삼십 대 초반의 인물이 단도직입적으로 물었다.

창천문주는 난감한 표정을 지었다.

"죽었는지 살았는지 생사조차 모르는 자의 행방을 무조건 찾아내라고 하면 어떻게 하라는 것이오?"

"그게 내 명령이오?"

눈썹이 짙은 사내가 표정의 변화나 목소리의 높낮이 없이 중얼거리듯 말하자 창천문주는 찔끔했다.

"아니… 총단주의 명령이긴 하지만……."

사실 이곳 창천문은 혈명단 제남지단이다. 일홍각이 와해되고 나서 새롭게 만들었으며, 창천문주라고 하는 인물이 혈명단 제남지단주다.

"총단주께서 화용군을 찾아내서 죽이라는 명령을 내린 지어언 이 년이 되었소."

짙은 눈썹의 사내는 냉랭하게 제남지단주를 꾸짖었다. 그

260 야차전기

로 미루어 그는 제남지단주보다 높은 지위인 듯했다.

"지금 이 순간부터 제남지단의 모든 일을 중단하고 화용군을 찾는 일에 돌입하시오."

"그건……."

삼십 대 후반의 나이에 각진 턱을 지닌 제남지단주의 눈이 조금 찢어졌다.

"당신이 아무리 혈명십살(血命十殺)이라지만 너무 오만한 것이 아니오?"

혈명단에는 세 부류의 살수가 있는데 가장 상위에 혈명십살 열 명이 올라 있으며 이 년 전까지만 해도 사탄 무애도 거기에 속해 있었다.

혈명십살 아래에는 개인적으로 무림에 이름을 날린 혈명살수들, 즉 무림의 대방파나 대문파의 수장이거나 그에 버금가는 고수를 죽인 살수들이 포진해 있다.

혈명단에는 그런 살수가 삼십여 명쯤 되는데 야조나 혈검비가 그에 속했다.

혈명단 이급살수에 속하는 그들을 부르는 정확한 명칭은 없으며 개개인의 별호로 불리는 경향이 있다.

그리고 맨 아래가 평범한 혈명살수들이다.

그런데 오늘 혈명단 제남지부에 갑자기 불쑥 나타난 다섯 명은 바로 혈명단의 최상위 살수인 혈명십살의 다섯 명인 것이다.

슥—

"이래도 불복하겠소?"

짙은 눈썹의 사내는 품속에서 뭔가를 꺼내 손안에 쥐고 앞으로 쭉 뻗었다.

그걸 본 제남지단주는 움찔 놀라더니 즉시 그 자리에 무릎을 꿇고 이마를 바닥에 댔다.

"속하 혈명존패(血命尊牌)를 뵈옵니다."

짙은 눈썹 사내의 손에 쥐어져 있는 것은 둥근 하나의 패인데, 피가 뚝뚝 떨어지는 듯한 핏빛에 한 자루의 검과 '혈명존패' 라는 네 글자가 세로로 새겨져 있다.

나란히 서 있는 혈명육살(血命六殺)에서 십살(十殺)까지 다섯 명은 부복해 있는 제남지단주를 굽어보며 입가에 가소로운 미소를 머금었다.

*   *   *

황하유가 동쪽 끝자락에 예전부터 장사가 잘되고 있는 주루의 주인이 오늘 바뀌었다.

영춘각(迎春閣)이라는 이름의 제법 규모가 큰 이 층 주루는 황하 강변을 등지고 거리를 향해 있는데 오늘은 주인이 바뀌는 날이라서 영업을 하지 않는다.

그리고 주루 뒤에는 제법 넓은 마당과 살림을 할 수 있는 아담한 이층집이 있으며 주루를 통하지 않고 출입할 수 있는 문이 따로 있다.

영춘각의 새 주인이 된 나운향과 임청은 놀랍고도 기뻐서 벌린 입을 다물지 못한 채 연신 주루와 집으로 들락거리면서 구경하고 쓰다듬느라 바빴다.

"대인, 이 주루가 정말 우리 거예요?"

"그렇소."

나운향이 들뜬 목소리로 묻자 화용군은 빙그레 미소를 지으며 대답했다.

"빌린 것이 아니고 샀다는 말씀 정말인가요?"

"그렇소."

임청은 눈물을 글썽거리며 물었다.

"저 뒤에 있는 마당과 집도 우리 건가요?"

"그렇소."

"대인, 방이 많은데 우리가 방 하나씩 쓰면 안 되나요?"

"엄마에게 물어봐라."

아이들은 와아! 소리를 지르며 각자의 엄마에게 우르르 달려갔다.

주루의 안채 살림집 객청 탁자에 화용군과 나운향, 임청 세 사람이 둘러앉아 있다.

서진과 서동, 곽영 아이들 세 명은 자기들이 어느 방을 고르면 좋을지 구경하러 이 층으로 몰려갔다.

아래층에는 객청과 주방, 두 개의 침실이 있으며, 위층에는 침실이 무려 다섯 개나 있다.

나운향과 임청은 아직도 믿어지지 않는지 눈물을 그칠 줄 모르고 감격했다.

"이게 꿈인지 생시인지 모르겠어요. 아무래도 천첩이 꿈을 꾸고 있나 봐요."

"대인, 이거 구입하시느라 돈 많이 들었지요?"

나운향의 물음에 화용군은 고개를 끄떡였다.

"많이 들었소."

"어떡해요……."

"은자 열 냥이나 들었소."

"……."

두 여자는 멍한 표정을 짓더니 잠시 후에 왈칵 하고 울음을 터뜨렸다.

자신들이 이 년여 동안 궁핍한 생활을 영위하면서 알뜰하게 모은 돈 은자 열 냥이 씨를 뿌려 거대한 열매를 맺었다는 사실을 가슴속 깊이 이해한 것이다.

화용군은 부드러운 미소를 지었다.

"두 명의 무사가 상주하면서 보호할 테니까 앞으로는 열심히 노력해서 행복하게 사시오."

앞으로는 무정루의 호위무사 네 명이 두 명씩 교대로 나운향 등을 보호하기 위해 밤낮으로 이곳을 지킬 것이다.

"대인……."

"천첩들은 무슨 말을 해야 할지……."

두 여자는 감격에 겨워 양쪽에서 화용군에게 안기며 울음을 터뜨렸다.

그러나 잠시 후 나운향은 눈물을 닦으면서 단호한 표정으로 한 가지 조건을 제시했다.

"제남에 계시는 동안에는 대인께서 꼭 우리 집에 묵으셔야 해요."

"그래요. 그러지 않으시면 천첩들은 이 은혜를 받을 수가 없어요."

화용군은 미소 지으며 고개를 끄떡였다.

"알았소."

"고마워요, 대인."

"천첩들은 죽을 때까지 대인의 하녀로 살겠어요."

그녀들은 양쪽에서 화용군의 품으로 파고들며 그의 허리를 꼭 끌어안았다.

두 여자는 화용군이 자신들보다 나이가 훨씬 어리다는 생각은 추호도 해본 적이 없다.

그녀들은 그를 남자로 여기지 않는다. 그는 아버지보다 더 든든한 버팀목이고, 무슨 일이 생겨도 척척 해결해 주는 절대자 같은 존재다.

"주군."

그때 마당에서 반옥정의 나직한 목소리가 들렸다.

"들어와라."

끼이……

문이 열리더니 반옥정이 누군가의 팔을 자신의 어깨에 얹어 부축하고 들어왔다.

임청은 처음에 반옥정이 부축하면서 들어서고 있는 강시처럼 깡마른 남자가 누군지 알아보지 못했다.

"청 매, 나다."

깡마른 남자가 반옥정의 부축에서 벗어나 비틀거리면서 다가오며 입을 열자 임청의 몸이 후드득 떨렸다.

"서… 설마……."

"그래. 나야. 곽림이다."

임청은 믿을 수 없다는 듯 두 눈을 커다랗게 뜨더니 울음을 터뜨리며 곽림을 얼싸안았다.

"와앙! 여보!"

화용군은 그 모습을 흐뭇한 미소를 지으며 바라보았다.

지금 이 순간 반옥정은 화용군을 주시하고 있다. 그가 지금처럼 부드럽고도 흐뭇한 미소를 짓는 모습을 처음 보기 때문이다.

*　　　　*　　　　*

방방은 오전에 자신의 구역을 순찰하는 일을 마치고 개방 제남분타에 얼굴을 한 번 비추고는 분타를 나섰다.

그때 분타로 들어서려던 방방의 심복 상개가 그를 발견하고 급히 달려가며 불렀다.

"형님!"

상개는 평소 사적인 자리에서는 부분타주인 방방을 형으로 부르고 있다.

"무슨 일이냐?"

"조금 전에 남경분타에서 보낸 전서구가 도착했습니다."

상개는 흥분한 얼굴로 대답했다.

방방은 급히 주위를 둘러보고 나서 상개를 옥박질렀다.

"밥통아, 목소리를 낮춰라."

분타주는 내색을 하지 않지만 방방이 보기에 그는 백학무숙, 아니, 감태정의 앞잡이 노릇을 하고 있는 것 같았다.

뚜렷한 증거를 잡지 못해서 북경 총타에 보고를 하지 못하고 있으나 조만간 증거만 잡으면 총타에 찔러서 분타주를 골로 보낼 생각이다. 그렇게 되면 제남분타주 자리는 방방이 따 놓은 당상이다.

방방은 상개를 끌고 근처에 있는 깨진 돌부처 뒤로 가서 숨었다.

"얘기해라."

"직접 보십시오."

방방은 개방 항주분타와 남경분타의 같은 배분의 친구들에게 감태정 부부의 용모를 설명해 주고 그들을 발견하는 즉시 알려달라고 전서구로 부탁을 해놨었다.

항주분타의 친구는 자신이 직접 수하들을 이끌고 남천문을 감시하고 있다가 감태정 부부가 남천문을 나서는 것을 목격하고 그 사실을 남경분타 친구에게 알렸다.

남경분타 친구는 감태정 부부를 줄곧 감시하다가 그들이 남경을 지나 북상하자 다시 그 사실을 방방의 전용 전서구로 알려준 것이다.

서찰에는 감태정 부부가 셋째 아들 내외와 함께 말을 타고 오늘 아침에 남경을 출발했으며 호위무사들은 없다고 적혀 있었다.

방방은 서찰을 읽고 나서 몸을 일으켰다.

"잘했다. 내 잠시 다녀오마."

"강호 사범에게 가십니까?"

"오냐, 수고했다. 일 끝나면 무정루에서 한잔 거하게 마시 자, 상개야."

방방은 이 기쁜 소식을 한시바삐 화용군에게 알리고 싶어 서 발이 보이지 않을 정도로 빠르게 달렸다.

상개는 황하유가의 제일기루인 무정루에서 기녀들의 시중 을 받으면서 진탕 술을 마실 상상을 하니까 콧노래가 절로 나 와 흥얼거리면서 분타로 향했다.

황하유가 제일기루 무정루라니, 평범한 주루에서조차도 술을 제대로 마셔본 적이 없는 상개라서 절로 흥분이 됐다.

"상개야, 뭐가 그리 기분이 좋으냐?"

"엇?"

상개는 느닷없이 옆쪽에서 들리는 걸걸한 목소리에 머리 털이 쭈뼛 설 만큼 놀라서 급히 쳐다보았다.

저만치 커다란 나무 뒤에서 대나무처럼 비쩍 마른 삼십 대 후반의 얼굴이 까무잡잡한 개방 제자 한 명이 천천히 모습을 드러냈다.

"분타주……."

그는 개방 제남분타주 흑비개(黑匕丐)다. 얼굴이 매우 검으며 비수를 매우 잘 던져서 얻어진 명호다.

교활함이라든가 비정함 따위 흑비개를 설명하는 말은 셀 수도 없이 많다.

상개는 반사적으로 몸이 딱딱하게 굳고 긴장하여 고개를 가로저었다.

"아… 무엇도 아닙니다."

슥—

흑비개는 상개에게 느릿하게 걸어오면서 품속에서 비수 한 자루를 꺼냈다.

상개는 흑비개의 성명무기인 두 뼘 길이의 비수를 보고 겁먹은 얼굴로 뒷걸음질 치다가 등이 분타로 사용하고 있는 토지묘의 담에 닿았다.

"흑!"

상개 앞에 바싹 다가선 흑비개는 비수로 그의 뺨을 슬슬 쓰다듬으면서 잔인한 미소를 흘렸다. 평소 개방 제남분타의 개방 제자들을 겁먹게 만드는 그 비수다.

"자. 착하지, 상개야. 네가 방방에게 준 서찰에 뭐라고 적혀 있었느냐?"

"으으……."

상개는 흑비개가 서찰 얘기를 꺼내자 그가 처음부터 다 보고 있었다고 생각했다.

탁탁탁······.

흑비개는 이번에는 비수로 상개의 목을 가볍게 두드리며 금방이라도 찌를 것처럼 굴었다.

"순순히 실토하면 내 심복으로 써줄 것이로되 어깃장을 놓으면 목을 따주마."

"흐으으······."

상개는 몸을 사시나무처럼 와들와들 떨다가 다리에 힘이 풀려서 그 자리에 주저앉았다.

흑비개는 상개 앞에 쪼그리고 앉았다.

"옳지. 편하게 앉아서 다 말해봐라."

제40장

혈화난무(血花亂舞)

올겨울 마지막 눈이 내리고 있다. 펑펑 내리는 눈이 아니고 꽃가루가 날리는 것처럼 드문드문 오는 눈이다.

저녁나절에 제남을 출발한 화용군과 반옥정은 다음 날 동이 틀 때쯤 태기산맥 남쪽 끝자락에 위치한 몽음현(蒙陰縣)에 도착했다.

방방이 전해준 서찰에 적힌 위치를 계산하면 감태정을 만나려면 아직 남쪽으로 백여 리 정도 더 가야 할 것이다.

"옥정아."

"말씀하십시오."

두 사람은 몽음현의 주루에 마주 앉아서 대충 아침 식사를 하고 있는 중이다.

후루룩—

면도를 해서 평소의 준수한 모습을 되찾은 화용군은 그릇째 들고 뜨거운 국물을 홀홀 마시고 나서 말했다.

"감태정을 죽이고 나면 뭘 할 생각이냐?"

반옥정은 젓가락질을 뚝 멈췄다가 다시 시작했다.

"주군께선 뭘 하실 겁니까?"

"생각 중이다."

"결정되면 말씀해 주십시오."

"무엇 때문이냐?"

"속하도 주군께서 결정하신 것을 하겠습니다."

화용군은 쓴 미소를 지었다.

"이번 일이 끝나면 너는 네 갈 길을 가라."

반옥정은 고개를 숙인 채 젓가락으로 계탕면을 뒤적거리며 아무 말도 하지 않았다.

"무엇을 원하든지 다 해주마."

"용군단 총단주의 넉넉한 돈으로 말입니까?"

화용군이 자신을 떠나라고 한 말 때문에 기분이 아주 나빠진 반옥정은 고개를 들지 않은 채 까칠한 목소리로 툭 내뱉었다.

"나로서는 감태정을 죽이고 나면 복수를 다하는 것이다. 더 이상 할 일이 없다."

"지단주는 어떻게 할 겁니까?"

무애는 혈명단에 끌려갔다고 했다.

화용군이 무애를 생각하지 않았을 리가 없다. 하지만 그녀의 생사조차 알 길이 없고, 혈명단 총단은 너무 멀고 아득한 곳에 있다.

그런 곳에서 죽었는지 살았는지도 모를 무애를 구하는 일은 막막하기만 하다.

화용군은 부모와 일가친척의 복수를 이미 끝냈다. 남천문 백호전주와 소문주 주고후를 죽인 것으로 그에 대한 복수는 끝났다고 생각했다.

그리고 이제는 구주무관의 복수만 끝내면 더 이상 칼을 휘두를 필요 없이 모든 것을 내려놓을 생각이다.

미진한 구석이 있기는 하지만 그렇다고 해서 남천문이나 혈명단을 상대로 해서 싸우고 싶은 생각은 없다.

그건 싸움이 아니라 전쟁이 될 것이다. 더구나 남천문과 혈명단하고는 직접적인 원한 같은 게 없다.

이제 남은 감태정만 죽이면 복수가 끝나는 것이다.

그다음에는 구주무관에 찾아가서 누나의 무덤 앞에서 스

스로 목숨을 끊을 것이다.

그렇게 해야지만 항상 그를 짓누르고 있는 천인공노할 죄업(罪業)에서 벗어날 수가 있다.

"지단주는 그렇다 치고 야조는 어쩔 겁니까?"

"너에게 맡기겠다."

"뭐요?"

반옥정은 발끈해서 고개를 번쩍 들고 화용군을 싸늘하게 쏘아보았다.

"그러고 나서 주군은 뭘 할 겁니까?"

"알 것 없다."

반옥정은 그의 표정에서 뭔가를 알아내려고 노력했으나 허사였다.

다만 오늘따라 그의 표정이 평소보다 더 우울하다는 느낌을 받았을 뿐이다.

반옥정은 자르듯이 냉랭하게 말했다.

"우리 관계는 주군이 속하를 죽이든지 아니면 속하가 주군을 죽여야지만 끝날 겁니다."

"그럼 네가 날 죽여라."

화용군은 간단하게 말하고 일어섰다.

"단 감태정을 죽이고 나서다."

반옥정은 주루 입구로 걸어가는 화용군의 뒷모습을 돌아

보면서 어이없는 표정을 지었다.

그런데 문득 걸어가는 그의 뒷모습이 몹시 왜소하고 쓸쓸하게 보였다.

이런 적은 한 번도 없었다. 그는 언제나 반옥정에게 거대한 산악 같은 존재였었다.

그런 그가 왜소하고 쓸쓸해 보이다니 별일이다. 그에게 무슨 일이 있는 게 틀림없다.

뒤따라 일어서려던 그녀는 일순 멈칫하며 얼굴이 굳었다. 방금 화용군이 말을 할 때 이상한 기분이 들었던 것이 지금 이 순간 정리됐다.

그의 말은 유언 같았다.

눈이 멈췄다.

한 시진 남짓 내리던 눈은 길에 쌓이기도 전에 질펀하게 녹기 시작했다.

방갓을 눌러쓴 모습의 화용군과 반옥정은 몽음현을 떠나 줄곧 강을 따라 남쪽으로 곧게 뻗은 관도를 걸어가고 있는 중이다.

반옥정은 아까 주루에서 화용군이 했던 말이 머릿속에서 떠나지 않고 뱅뱅 맴돌았다.

화용군은 그때 이후 한마디도 하지 않고 정면만 똑바로 주시하며 걷고 있다.

방방의 말에 의하면 감태정은 부인과 셋째 아들 내외 도합 네 명이 북상하는 중이라고 했다.

그 정도라면 화용군과 반옥정 둘이서 충분히 해치울 수 있을 터이다.

그래서 거기에 대한 걱정은 없는데 자꾸 무애에 대한 생각이 머리에서 떠나지 않았다.

또한 천보를 비롯한 동명왕 가족이 반역죄로 유배를 당한 것은 그로서는 안타까울 뿐 어떻게 도울 수 있는 방법이 전무한 상황이다.

곽립은 임청의 품에 안겨주었고 나운향 등은 살아갈 기반을 마련해 주었으니 그들에 대해서는 걱정할 것이 없다.

야조를 떼어놓고 떠나는 것이 마음 쓰였지만 어쩔 수 없는 일이다.

그녀는 인간 대 인간으로서 정이 갈 뿐이지 여자로는 느껴지지 않는다.

그녀와 동침을 했다고는 하지만 전혀 기억에도 없으므로 죄의식 같은 것도 없다.

그러니 반옥정에게 맡기면 둘이서 어떻게든 잘 살아갈 것이라고 믿었다.

하지만 무애는 마치 목에 걸린 가시처럼 그를 괴롭혔다. 그녀가 죽었다는 사실을 확인했다면 모르지만 생사도 알 수 없는 상황에서 그녀를 모른 체한다는 것이 사람으로서 할 짓이 아닌 것 같다.

그렇더라도 어쩔 수가 없는 일이다. 지금 이 순간에도 구천을 떠돌고 있을 누나의 혼백을 더 이상 외롭게 내버려 두어서는 안 된다.

누나하고 정사를 벌인 만고의 패륜을 저지른 그날부터 그는 살아 있어도 산목숨이 아니었다.

그러니 감태정을 죽이고 나면 미련 없이 이승을 하직하여 누나의 영혼을 만나서 용서를 빌 각오다.

[저기 옵니다.]

그때 반옥정의 전음이 그의 상념을 끊었다.

오십여 장 전방에서 말을 탄 네 사람이 이쪽으로 다가오고 있는 모습이 보였다.

화용군의 시야에 네 명 중에서 전면 왼쪽 마상에 꼿꼿한 자세로 앉아 있는 감태정의 모습이 끌어당기듯 들어왔다.

백의 장삼에 두툼한 겉옷을 입었으며 어깨에는 고색창연한 검을 메고서 길고 흰 수염을 휘날리는 모습이다.

태연한 얼굴로 웃으면서 뭐라고 말을 하고 있는데 웃음소리가 여기까지 들렸다.

화용군은 재빨리 감태정 옆의 부인과 뒤쪽에 따르고 있는 셋째 아들 내외를 살피다가 흠칫했다.

'웃어?'

그의 시선이 재빨리 감태정의 얼굴로 다시 옮겨가서 자세히 살폈다.

그가 잘못 본 것이 아니다. 감태정은 만면에 미소를 지은 채 왼쪽의 부인하고 대화를 나누고 있는 모습이다. 오십여 장 거리지만 그의 눈에는 똑똑하게 보였다.

그저께 밤에 화용군과 반옥정은 백학무숙에 잠입하여 뇌옥을 뒤집어놓았으며, 선우각에 침입하여 감태정의 넷째 아들 내외와 우사범 조등을 비롯한 손자, 손녀들을 남김없이 모조리 죽였었다.

그것은 백학무숙뿐만 아니라 제남 전체가 발칵 뒤집힐 정도의 대사건이었다.

그리고 그 소식은 당연히 감태정의 귀에도 들어갔을 것이다. 백학무숙에서 그에게 알리지 않았을 리가 없다. 그런데 그가 웃고 있는 것이다.

자식내외와 손자손녀들이 떼죽음을 당했는데 웃을 수 있는 것은 미친놈뿐이다.

그리고 그때 화용군은 부인과 뒤쪽의 셋째 아들 내외가 왠지 부자연스러운 표정을 짓고 있는 것을 발견했다. 감태정이 웃고 있는 것과는 대조적이다.

'모르고 있는 것인가?'

만약 감태정 등이 백학무숙에서 벌어진 일을 모르고 있다면 저렇게 웃을 수도 있을 것이다.

하지만 모를 리가 없다. 제남에서 항주까지 전서구가 두어 시진이면 날아갈 텐데 그 사실을 모르다니 말이 되지 않는 일이다.

또 한 가지가 있다. 뒤늦게 깨달았지만 감태정 일행이 느긋하게 천천히 말을 몰고 있다는 사실이다.

백학무숙의 일을 알고 있다면 전력으로 질주하여 북상해야지 저렇게 유람이라도 하듯 느긋할 수는 없다.

'뭔가 잘못됐다.'

무엇 때문에 잘못됐는지는 모르지만 일이 잘못된 것만은 분명했다.

감태정이 백학무숙의 일을 알고 있으면서도 웃는다는 것은 가식이다. 그런데 감태정이 어째서 지금 가식을 부리고 있어야 하는가.

'우리가 습격한다는 사실을 알고 있다.'

화용군의 머리가 빠르게 굴렀다.

'개방이다.'

정보가 새어 나갔다면 개방밖에 없다. 방방은 절대 아닐 테지만 어쨌든 개방이 틀림없다. 감태정의 정보가 흘러나온 곳이 개방이므로 그것을 감태정에게 알린 곳도 개방일 수밖에 없는 것이다.

[옥정아, 놈이 눈치챘다.]

화용군은 감태정의 얼굴에서 눈을 떼지 않으면서 반옥정에게 전음을 보냈다.

반옥정은 흠칫 놀랐으나 화용군을 쳐다보는 어리석은 짓은 하지 않았다.

그녀로서는 무조건 화용군의 명령과 결정에 따를 뿐이다. 강행하자면 이대로 밀고 나갈 것이고, 물러난다고 해도 또한 그렇게 할 것이다.

화용군은 계속 걸어가면서 백 년 공력을 다 끌어 올려 주위의 기척을 감지했다.

하지만 아무것도 감지되지 않았다. 강둑 아래로 강물이 흘러가는 소리만 은은하게 들릴 뿐이다.

그 말은 곧 주변에 아무런 이상이 없다는 뜻이다. 이곳에는 감태정 일행뿐이다.

감태정이 눈치를 챈 것은 분명한데 매복이 없다는 것은 앞뒤가 맞지 않는다.

그렇다면 결론은 둘 중 하나다.

첫째, 매복이 있는데 워낙 은밀해서 화용군이 감지하지 못하는 것일 수도 있으며, 감태정 뒤쪽에서 거리를 두고 고수들이 따르고 있을지도 모른다.

그리고 둘째는 눈에 보이는 게 전부라는 것이다. 즉 감태정과 부인, 셋째 아들 내외 이렇게 네 명이 전부다.

그러는 사이에도 쌍방이 마주 보고 걸어오므로 감태정과의 거리는 이십여 장으로 좁혀졌다.

화용군과 반옥정은 방갓을 깊이 눌러쓴 채 걷고 있으니 감태정 일행이 두 사람의 얼굴을 아직 확인하지는 못했다.

공격할 것인지 물러날 것인지 결정을 내리려면 지금 내려야만 한다.

'매복이 있다면 내가 모를 리 없다.'

그는 자신의 실력을 믿었다.

'고수들이 뒤따른다면 최대한 빠르게 감태정을 죽이고 물러나면 된다.'

생각이 거기까지 미치자 화용군은 반옥정에게 다시 전음을 보냈다.

[강행한다.]

[알겠습니다.]

[나는 곧장 감태정을 공격할 것이다.]

[속하가 나머지 세 명을 맡겠습니다.]

죽이는 것과 상대하는 것은 다르다. 화용군이 감태정을 죽이는 동안 반옥정이 혼자서 부인과 셋째 아들 내외를 가로막고 방해하는 것은 어렵지 않을 터이다.

　쌍방이 십 장 거리로 가까워졌을 때 비로소 감태정은 전방에서 다가오는 두 사람을 쳐다보았다.

　그리고 그때 화용군은 감태정의 입술 끝이 슬쩍 치켜 올라가며 흐릿하면서도 득의한 미소를 짓는 것을 발견하고 가슴이 쿵 내려앉았다.

　화용군은 커다란 방갓을 깊이 눌러쓰고 있으므로 마상에 높이 앉은 감태정이 그의 얼굴을 알아봤을 리는 없다.

　하지만 방금 그 미소는 감태정이 화용군을 알아봤다는 의미다. 아니, 이미 알고 있었다는 뜻이다.

　그러나 어떤 상황이든지 간에 이제는 돌이킬 수 없는 처지에 놓였다.

　[간다!]

　타앗―

　그 순간 화용군은 반옥정에게 짧게 전음을 보내면서 발끝으로 힘껏 땅을 박차며 전방으로 쏘아나갔다.

　원래는 감태정 일행의 옆을 스쳐 지나다가 급습을 할 계획이었지만 이젠 그런 게 다 소용없게 돼버렸다. 할 수 있는 건 정면공격뿐이다.

　감태정과의 거리는 오 장여다. 화용군은 한 번 도약에 십

장 이상 날아갈 수 있으므로 이제 허공에서 내려꽂히며 감태정을 공격할 것이다.

칭—

쏘아가는 중에 왼손으로 어깨의 검을 뽑았다. 검으로 공격하려는 것이 아니라 오른손의 야차도로 첫 공격을 해서 만약 감태정이 피하거나 반격을 할 경우에 왼손의 검으로 이차 공격을 전개할 생각이다.

반옥정은 화용군의 오른쪽에서 약간 뒤처져서 나란히 쏘아가고 있다.

그녀의 공력은 오십 년 내외고 무당삼대검법을 통달했으며 혈명단의 살수 수법인 사공세를 완벽하게 익혔으므로 감태정의 부인이나 셋째 아들 내외쯤은 너끈히 상대할 수 있을 터이다.

쉬이익—

허공중에서 감태정을 향해 비스듬히 내려꽂히고 있는 화용군은 거리가 삼 장으로 좁혀지자 오른팔을 뻗어 백 년 공력을 실은 야차도를 발출했다.

쐐애액!

아니, 발출하려는 순간 느닷없이 양쪽에서 날카로운 파공음이 터져서 멈칫했다.

화용군이 재빨리 양쪽을 쳐다보자 왼쪽 강둑 아래에서 세 명의 흑의 경장인이 솟구치면서 그를 향해 검을 뻗고 있으며, 오른쪽에는 같은 복장의 두 명이 반옥정을 공격해 오고 있다.

다섯 명 모두 허공중에서 쓰고 있던 방갓을 벗어 던지는데 일견하기에도 살수, 즉 혈명살수들이 분명하다.

조금 전에 화용군이 공력을 끌어 올려서 주변의 기척을 살폈을 때에는 아무것도 감지하지 못했었는데 다섯 명은 그의 이목을 감쪽같이 속였다.

더구나 다섯 명의 혈명살수는 화용군과 반옥정이 감태정 일행을 공격하는 중간 위치의 측면 양쪽에서 정확하게 급습을 가하고 있다.

그것은 그들이 관도 양쪽에서 감태정 일행과 같은 속도로 계속 이동하고 있었기에 가능한 일이다.

그런데도 화용군은 그들을 감지하지 못했다. 그것은 그들이 보통 살수가 아니라는 뜻일 게다. 그리고 그것은 곧 현실로 드러났다.

쐐애애—

고막을 찢을 듯한 파공음보다 더 빨리 왼쪽 세 명의 검이 화용군의 몸 반 장까지 쇄도하고 있었다.

오른쪽까지 쳐다볼 겨를이 없다. 그쪽은 반옥정이 알아서 처리할 터이다.

그 순간 화용군은 감태정이 득의하면서도 잔인한 미소를

지으며 어깨의 검을 뽑는 모습을 보았다. 그는 이런 상황을 즐기는 것 같았다.

화용군은 왼쪽 눈으로는 왼쪽에서 쇄도하는 세 명의 살수를 보고 있으면서 오른쪽 눈으로는 감태정을 보았다.

인간은 신체구조상 양쪽 눈으로 각기 다른 사물을 볼 수 없다지만 이 순간의 그는 실제로 그랬다.

왼쪽에서의 살수들의 급습을 발견한 순간 그는 그들을 상대할 수밖에 없는 상황에 처했지만 감태정의 미소를 보는 순간 생각이 바뀌었다.

슈웅!

그의 오른팔 소매에서 야차도가 번갯불처럼 감태정을 향해서 뿜어졌다.

그는 감태정을 죽일 수만 있으면 자신은 언제 죽어도 상관이 없다고 생각한다.

그렇지만 감태정이 죽기 전에는 절대로 죽을 수가 없다. 그리고 복수가 끝난 후에 이왕이면 누나의 무덤 앞에서 스스로 목숨을 끊고 싶다.

그래서 그는 오른손의 야차도로 감태정을 공격하는 한편 왼손의 검으로 측면을 공격하는 세 자루 검을 막았다.

양쪽 눈으로 두 방향을 볼 수 있기에 가능한 일이다. 하지만 이런 상황은 그로서도 처음이다.

자신을 향해 무섭게 쏘아오는 야차도를 발견한 감태정은
어깨의 검을 뽑다가 안색이 홱 변했다.

화용군이 세 명의 특급살수의 급습을 받으면서도 자신을
공격할 줄은 예상하지 못했던 것이다.

얼굴 정면을 향해 무섭게 쏘아오는 야차도를 피할 수 없다
고 판단한 감태정은 검을 뽑는 것과 동시에 사력을 다해서 후
려쳤다.

껑—

팍!

"악!"

감태정은 가까스로 야차도를 쳐내는 데 성공했지만 검을
통해서 강한 떨림이 전해지며 팔 전체가 마비되는 것 같은 통
증을 느꼈다.

그런데 그는 자신의 왼쪽 옆에서 짤막한 비명이 터지는 것
을 듣고 움찔 놀라며 안색이 변했다.

급히 쳐다보니 그가 방금 쳐낸 야차도가 아내의 얼굴 관자
놀이에 깊숙이 꽂혀 있는 것이 아닌가.

"여보……."

두 눈이 찢어질 듯이 놀라서 소리치려는데 아내의 관자놀
이에 꽂혔던 야차도가 뽑혔다.

파아—

그런데 그냥 뽑힌 것이 아니라 뽑히면서 회전을 하며 감태정을 향해 맹렬히 쏘아갔다.

"헛!"

감태정은 야차도가 한 번의 공격으로 끝날 것이라고만 예상했었다.

또한 자신이 쳐낸 야차도가 부인의 얼굴에 꽂히자 정신이 아득해졌다.

그런 상황에 야차도의 두 번째 공격이 쏘아오자 급히 피하려다가 말에서 떨어졌다.

쉬잉—

그 바람에 야차도가 표적을 잃고 허공을 가를 때 화용군은 왼손의 검으로 왼쪽에서 공격하는 세 자루 검을 쳐내고 있었다.

카차차창—

혈명육살과 팔살, 십살은 자신들의 최초의 급습으로 화용군을 충분히 죽이거나 그게 아니더라도 최소한 중상을 입힐 수 있을 것이라고 믿었다.

혈명단이 모은 화용군에 대한 정보에 의하면 그는 혈명십살의 한 명과 비슷하거나 조금 떨어지는 실력이라고 알고 있기 때문이다.

그런데 그게 아니다. 화용군은 오른손으로는 감태정을 공격하면서 왼손으로 왼쪽의 공격을 막아내는 데도 육살 등 세 명은 검을 통해서 전해지는 강력한 반탄력에 일제히 뒤로 퉁겨졌다.

그러나 그들 세 명은 허공에서 일제히 공중제비를 돌고 나서 재차 화용군을 공격해 갔다.

쐐액!

감태정을 죽이지 못한 화용군은 재빨리 야차도를 회수하여 오른손으로 움켜잡는 것과 동시에 발끝으로 감태정이 탔던 말의 머리를 가볍게 박차면서 세 살수 쪽으로 방향을 전환했다.

탓—

세 명의 살수가 그를 향해서 이미 공격해 오고 있지만 화용군의 빠른 눈은 그들의 동작과 방향, 어떤 공격인지를 정확하게 간파하고 거기에 적절한 반격을 양손의 검과 야차도로 뿜어냈다.

휘오오—

백 년 공력이 실린 검과 야차도에서는 아득한 산정 꼭대기에서 불어오는 한풍 소리가 흘렀다.

그의 왼손 검에서 뿜어져 나가는 공격은 무당십대검법이 아니라 무당십대검법의 정수다.

그리고 야차도에서는 흐릿한 빛줄기가 허공을 갈랐다.

콰차창—

푹!

"우읏!"

허엇!

"끅!"

왼손의 검을 가까스로 막은 두 명은 손아귀가 찢어지면서 튕겨 날아가며 신음을 터뜨렸다.

같은 순간 오른쪽의 십살은 야차도가 목 정중앙에 꽂히면서 답답한 신음을 토해냈다.

획—

화용군은 세 명의 살수를 일단 물리치고는 허리를 비틀어 땅에 서 있는 감태정에게 쏘아갔다.

쿠닥탁—

강 쪽 가파른 비탈에 떨어진 육살과 팔살, 십살은 아래로 데굴데굴 굴렀다.

육살과 팔살은 굴러 내리는 몸을 급히 멈췄으나 숨이 끊어지고 있는 십살은 계속 굴러 강물에 빠졌다.

첨벙—

"으으……."

육살과 팔살은 서로의 얼굴을 쳐다보면서 이빨이 시린 듯한 신음을 흘렸다.

방금 몸으로 직접 체험한 화용군의 무위(武威)는 두 사람의 예상을 완전히 박살 내버렸다.

육살은 자신 혼자서 공격해도 능히 화용군을 죽일 수 있을 것이라 예상했었고, 실제 동료들에게 그런 식으로 호언장담하기도 했었다.

그래도 만전을 기하기 위해서 육살에서 십살까지 다섯 명이 양쪽에서 합공을 했던 것이다.

그런데 만약 그렇게 하지 않았다면 최초의 격돌에서 화용군에게 목숨을 잃었을 뻔했다.

육살과 팔살은 검을 쥐고 있는 오른손에서 피가 흐르는 것을 보면서 자신들이 화용군보다 훨씬 약하다는 사실을 깨닫고 다시 공격할 엄두가 나지 않았다.

두 번 공격했는데 두 번 다 낭패를 당했으며 한 가지 분명한 사실을 깨달았다.

화용군에 대한 조사는 근본부터 잘못됐다는 것이다. 그는 혈명십살 중에 한 명 정도 수준이 아니라 혈명십살 전원이 덤벼야지만 막상막하를 이룰 것이다. 그러나 그런 사실을 너무 늦게 알았다.

두 번의 공격으로 그런 사실을 뼈저리게 경험한 육살과 팔살은 그래서 재차 공격하지 못하고 가파른 강 언덕에 엎드려서 헐떡이고 있는 것이다.

팔살은 찢어져서 피가 흐르는 자신의 오른손 손바닥을 보면서 착잡한 표정을 지었다.

그는 단 하나의 목적을 품에 안고 혈명단에 자진해서 들어와 어느덧 팔 년이라는 세월이 흘렀다.

그의 목적은 부모를 비롯한 일가친척을 역적으로 몰아서 처형한 원수를 갚는 것이다.

오로지 그 목적 하나만 생각하면서 혈명단에 들어와 죽어서 시체가 돼서야 자유의 몸이 될 수 있다는 합동서(合同書:계약서)에 서명을 했었다.

그러나 그는 꿈을 이루지 못했다. 이 년 전에 그의 목적이 저절로 실현됐기 때문이다.

그의 원수는 남천문이다. 더 정확하게 설명하자면 팔 년 전에 벌어졌던 '애새아비아탈취사건'이라는 음모를 꾸민 자들을 죽이는 것이다.

그의 부친은 남천문 청룡전주였다가 '애새아비아탈취사건'의 주모자로 몰려서 처형을 당했었다.

그의 이름은 한기운. 그에게는 단 하나뿐인 핏줄 누이동생이 있으며 그녀의 이름은 한련이다.

단지 혈명십살의 다섯 명과 감태정 부부, 그의 셋째 아들 내외뿐이었다면 화용군의 습격은 손쉽게 성공했을 것이다.

슈웅—

그의 야차도가 말에서 떨어진 감태정을 향해 무시무시하게 쏘아가고 있을 때 갑자기 불청객이 뛰어들었다.

"물러서랏!"

셋째 아들이 온몸을 던져서 검을 휘두르며 화용군을 공격한 것이다.

퍽!

"끄악!"

감태정은 자신의 셋째 아들 감운곡(坎雲谷)의 몸이 위에서 아래로 비스듬히 눕듯이 허공에 떠 있는 상태에서 정지한 뒷모습을 보았다.

그리고 아들의 뒤통수를 뚫고 반 뼘쯤 튀어나온 뾰족한 무기의 끝에서 핏물이 주르르 흘러내려 감태정의 옷자락을 적셨다.

"으으… 운곡아……"

그가 일그러진 표정으로 눈을 부릅뜨고 셋째 아들의 이름을 부를 때 그의 뒤통수에서 야차도가 사라졌다. 화용군이 야차도를 뽑은 것이다.

쿵!

쉬잉—

셋째 아들의 몸이 자신의 발아래로 묵직하게 떨어지는 소

리와 야차도가 다시 감태정의 얼굴을 향해 날아드는 파공음
이 동시에 들렸다.

"아……."

감태정은 정신이 번쩍 들었으나 그때는 이미 야차도가 쏘
아들고 있어서 반격을 하기는 늦었다.

"악적! 죽어랏!"

패애액!

그때 셋째 아들 감운곡의 부인이 실성한 것처럼 절규하면
서 다짜고짜 공격을 퍼부었다.

바로 코앞에서 남편의 죽음을 목격한 그녀는 그 순간 이성
을 잃고 죽자 사자 덤벼들었다.

팍!

"아악!"

찢어지는 비명 소리와 동시에 비정한 야차도가 그녀의 심
장을 관통했다.

감태정은 셋째 아들에 이어서 며느리의 등을 뚫고 튀어나
온 피 묻은 야차도를 봐야만 했다.

"이놈—!"

그는 셋째 며느리의 심장에서 야차도가 뽑히기 전에 불쑥
위로 솟구쳤다가 그대로 화용군을 향해 덮쳐 가며 필생의 공
력으로 검을 떨쳤다.

쉬아악!

일 갑자 이십 년, 무려 팔십 년 공력이 실린 검이 햇살을 가르며 화용군의 정수리와 어깨, 가슴 세 군데로 동시에 노리고 짓쳐들었다.

검과 검의 대결에서 공력이라는 것은 그다지 큰 의미가 없다고 하지만 그래도 이왕이면 공력이 높은 편이 여러모로 유리하다.

꺼엉—

지금처럼 검과 검끼리 강하게 맞부딪쳤을 경우에는 공력이 조금이라도 심후하게 실린 검이 약한 검을 부러뜨리거나 검을 통해서 공력을 발출하여 상대를 상하게 만들 수 있기 때문이다.

"허윽!"

그런 최악의 경우가 감태정에게 둘 다 일어났다. 그의 검 절반이 뎅겅 부러졌을 뿐만 아니라 검을 통해서 화용군의 심후한 공력이 순식간에 쏟아져 들어왔다.

그는 화용군이 자신보다 공력이 심후할 것이라는 생각은 추호도 하지 않았었다.

만약 찌릿함을 느끼는 순간 검을 놔버리지 않았더라면 지금처럼 혈맥 몇 가닥이 끊어지는 정도로 끝나지 않고 장기나 내장이 터져 버렸을 것이다.

감태정은 검이 부러지는 순간 가슴을 바윗돌에 적중당한 것처럼 뒤로 붕 날아갔다.

휘익!

화용군은 셋째 며느리의 심장에서 야차도를 뽑으면서 감태정을 향해 덮쳐 갔다.

그러면서 힐끗 뒤돌아보니까 관도에서 반옥정이 혈명칠살과 구살 두 명을 상대로 치열하게 싸우고 있었다.

아주 잠깐 봤지만 그녀는 여유 있게 싸우고 있는 중이며, 그대로 계속한다면 오래지 않아서 두 명의 적을 죽일 수도 있을 것 같았다.

휘이이—

화용군은 왼손에는 검을, 오른손에는 야차도를 움켜쥐고 두 팔을 활짝 벌린 채 독수리처럼 허공을 날아 강 쪽으로 하강해 갔다.

[함정이오! 어서 도망치시오!]

그가 강 가장자리로 곤두박질치고 있는 감태정을 향해 내려꽂히고 있을 때 느닷없이 한 줄기 전음이 다급하게 그의 고막을 흔들었다.

전음이 들려온 왼쪽을 힐끗 쳐다보니까 조금 전에 두 차례 격돌했던 육살과 팔살이 강 언덕 가파른 비탈 위를 스치듯이 쏘아오며 공격하고 있다.

재빨리 두 명을 살피니까 둘 중에 위쪽의 살수가 초조한 표정을 짓고 있는 게 보였다.

[나는 당신이 남천문 소문주 주고후를 죽여준 덕분에 원한을 갚게 된 사람이오!]

팔살 한기운이 촌각을 다투는 다급한 와중에도 그렇게 설명을 한 것은 다행한 일이다.

그런 설명이 없었다면 화용군은 그의 전음을 절대로 믿지 않았을 것이다.

그러나 설혹 그를 믿는다고 해도 이대로 도망치고 싶은 마음은 추호도 없다.

이제 한 번만 더 야차도를 날리면 감태정의 숨통을 끊을 수 있거늘 절대로 그럴 수 없다.

감태정은 언덕 아래까지 날려갔다가 강가의 풀 위에 가까스로 내려섰다. 조금만 더 날려갔더라면 강물에 빠지고 말았을 것이다.

화용군은 그가 자세를 잡기도 전에 일직선으로 내려꽂히면서 야차도를 쏘아냈다.

슈웅—

야차도가 푸른빛을 번뜩이면서 번갯불처럼 자신을 향해 날아오는 것을 보면서 감태정은 도저히 피할 엄두가 나지 않았다.

이 년 전에 화용군이 백학무숙 선우각에 잠입했을 적에는 감태정의 일 초식 검법에 가슴이 갈라지는 중상을 입은 채 제압됐었다.

그 당시에 화용군이 비록 기력이 고갈되고 부상을 입은 상태였다고 하지만 그렇지 않다고 해도 감태정의 십 초를 넘기지는 못했을 것이다.

그런데 지금은 외려 감태정이 화용군의 일 초식을 받아내지 못하고 있다.

받아내기는커녕 셋째 아들과 며느리가 몸으로 막아주지 않았으면 감태정은 일찌감치 죽었을 것이다.

화용군은 왼쪽 측면에서 육살과 팔살이 공격해 오고 있지만 그들보다 자신이 감태정을 죽이는 것이 조금 더 빠르다고 판단했다.

그러므로 감태정을 먼저 죽이고 나서 육살과 팔살의 공격에 대처해도 늦지 않을 터이다.

감태정은 빛처럼 쏘아가는 야차도 앞에서 엉거주춤한 자세로 서 있다.

방금 전에 그의 눈앞에서 셋째 아들과 며느리가 참혹하게 죽어가는 광경을 직접 목격했으니 현재 그는 제정신이 아닐 터이다.

째앵—

그런데 감태정의 얼굴을 향해 쏘아가던 야차도가 갑자기 측면에서 쏘아온 무엇엔가 맞아서 방향이 틀어져 감태정의 어깨 위로 스쳐 지나갔다.

허공중에서 내리꽂히고 있는 화용군은 야차도를 회수하면서 급히 오른쪽을 쳐다보다가 움찔했다.

오른쪽 오 장 거리에서 다섯 명의 흑의인이 바람처럼 쏘아오고 있었다.

그들은 혈명육살에서 십살까지 다섯 명하고 복장이 똑같았다. 즉 그들은 혈명일살에서 오살까지다.

그런데 화용군은 이쪽으로 쏘아오고 있는 그들 다섯 명 중에 복판의 인물에게서 시선을 떼지 못하고 크게 놀라고 있었다.

'무애……'

눈이 잘못된 것이 아니라 진짜로 무애다. 일신에 흑의 경장을 입고 쏘아오고 있는데 그녀도 화용군을 보고 있었다.

혈명단에 끌려갔다던 그녀가 어째서 살수 복장을 하고 이곳에 나타난 것인지 모를 일이다.

"무애야!"

화용군은 지금이 어떤 상황인지도 망각한 채 반가운 외침을 터뜨렸다.

그의 외침에 적들과 싸우고 있던 반옥정도 이쪽을 쳐다보다가 무애를 발견하고 해연히 놀랐다.

그런데 그때 쏘아오고 있는 무애는 왼손에 쥐고 있던 자신의 애병 사탄에 번개같이 화살 두 발을 채우더니 화용군을 향해 쏘아냈다.

큐쿵—

『야차전기』 5권에 계속…

강준현 장편 소설

FUSION FANTASTIC STORY

개척자

Pioneer

『복수의 길』의 강준현 작가가 선보이는
2015년 특급 신작!

글로벌 기업의 총수, 준영.
갑자기 찾아온 몽유병과 알 수 없는 상황들.

"…누구냐, 넌?"
혼돈 속에서 순식간에 바뀐 그의 모든 일상.
조각 같던 몸도, 엄청난 돈도, 뛰어난 머리도 모두, 사라졌다!

스스로도 알 수 없는 낯선 대한민국의 밑바닥부터
다시 시작해야 하는 준영.

"젠장! 그래, 이렇게 산다!
대신 나중에 바꾸자고 하면 절대 안 바꿔!"

그는 과연 이 상황을 극복하고 자신의 운명을
새롭게 개척해 나갈 수 있을 것인가!

Book Publishing CHUNGEORAM

유행이 아닌 자유추구 –
WWW. chungeoram.com

글삶 장편 소설
FUSION FANTASTIC STORY

세상을 다 가져라

[세상을 다 가져라]

문피아 선호작 베스트 작품 전격 출간!
현대판타지, 그 상상력의 한계를 넘어서다!

권고사직을 당한 지 2년째의 백수 권혁준.

우연히 타게 된 괴상한 발명품으로 인해
과거로 회귀한다!

그런데
과거로 온 혁준의 손에 들려 있는 것은 바로
최신형 스마트폰!

"까짓 세상, 죄다 가져 버리겠다 이거야!"

백수였던 혁준의 짜릿한 인생 역전이 시작된다!

Book Publishing CHUNGEORAM

유행이 아닌 자유추구—
WWW. chungeoram.com